U0683031

# 蝴蝶落在指尖上

史传坤 著

河南文艺出版社
·郑州·

## 图书在版编目(CIP)数据

蝴蝶落在指尖上/史传坤著. —郑州:河南文艺出版社,2017.2(2019.9 重印)

ISBN 978-7-5559-0368-0

Ⅰ.①蝴…　Ⅱ.①史…　Ⅲ.①诗集-中国-当代　Ⅳ.①I227

中国版本图书馆 CIP 数据核字(2016)第 325189 号

出版发行　河南文艺出版社
本社地址　郑州市郑东新区祥盛街 27 号 C 座 5 楼
邮政编码　450018
承印单位　三河市兴国印务有限公司
经销单位　新华书店
开　　本　787 毫米×1092 毫米　1/32
印　　张　10.125
字　　数　160 000
版　　次　2017 年 2 月第 1 版
印　　次　2019 年 9 月第 2 次印刷
定　　价　28.00 元

版权所有　盗版必究
图书如有印装错误,请寄回印厂调换。
印厂地址　河北省三河市北外环路南密三路东
邮政编码　065200　　电话　0316-7151808

序

# 且看诗歌的蝴蝶效应

冯杰

蝴蝶在飞。

诗歌的蝴蝶也在飞。

诗人的这本《蝴蝶落在指尖上》让我亦不得不在飞。

数十年前，美国气象学家洛伦芝提出了"蝴蝶效应"理论，他说，南美洲亚马孙河流域热带雨林中的一只蝴蝶，偶尔扇动几下翅膀，两周后可能在美国的得克萨斯州引起一场龙卷风。其原因在于：蝴蝶翅膀的运动，导致其身边的空气系统发生变化，并引起微弱气流的产生，而微弱气流的产生又会引起四周空气或其他系统产生相应的变化，由此引起连锁反应，最终导致其他系统的极大变化。蝴蝶效应告诉我们：一件极其细微看似极其不经意的小事，能引发预想不到的后果。表面看来毫无关系非常微小的细节，能带来惊天动地的巨变。

那么，一只诗歌的蝴蝶落在诗人的指尖上，会有什么效应？也有，也许更多，是另一种情感效应，是一种文字的化学变化。诗人的每一次写诗，化蝶超越，都是在制造艺术的蝴蝶效应。

史传坤先生就在尝试这种效应。

2

一百年前，胡适先生的那"两只蝴蝶"启动了中国新诗最初的翅膀，掀起了白话诗的风暴。以后的白话诗人一再歌咏，似乎皆成新诗蝶阵的一蝶。

这是我第一次读史先生的诗歌，打开诗稿，在诗歌蝴蝶翩翩翅膀之间，看意象蹁跹。知道他是博士、高级工程师、咨询工程师、安全工程师、安全评价师、工程咨询协会专家，现在一家公司从事管理工作。让我钦佩的是，这些职业竟能和诗人联系到一起！

也许正是这种距离里产生出来了画意诗情，让我感受到了最初的诗歌蝴蝶效应。可以想象，这些毫无诗意的环境不但没有影响史先生执着的追求，反而为他的生活增添了诗情画意，从而有了诗心、心声、诗意，植一块诗田。

纵观中原厚土，河南是一块生长诗歌的土地，"十五国风"吹拂，历史上出现无数有名的未名的诗人，作者的故乡在豫东，从地理空间看应该属于《诗经》里的"陈风"。翻开陈风，首先感到的是浓郁的民俗情味。土地肥美,人烟稠密,为中原富庶地区,物产、文化均兴盛。陈风是国风中最为独特、最为浪漫地抒发情感的风诗。

也许正是这块土地的滋润和浸染,史先生自幼爱好诗歌,喜欢用诗歌的形式记录生活的顺序章节,从甲到丙,从 a 到 d,尽情享受诗歌蝴蝶效应的斑斓,诗句在飞翔,诗人在飞翔,人和诗在共同制造着一场一场的诗歌蝴蝶效应,蝶翅划过自然和人生的二十四节气。 在这里,最细小的诗句展示着生活的喜怒哀乐、爱恨悲欣,诗人在大浪淘沙、滴水观海,有着自己的一方"世界"和另一方"诗界"。

这本诗集不是诗人作品的全部,我觉得已经管中窥豹、一叶知秋了。 诗人涉猎题材广泛,诗集分为六个部分,无论写土地还是天空,写社会还是自我,都在亮出自己的蝶翅,从乡村到城市,从亲情到爱情,从乡情到乡愁,无不表达、抒发心中对世间万物的爱,字里行间透着诗人对人生的思索和钟情。 他找到了一种生活里的抒情方式,达到了一种"诗意的栖居",找到了诗歌这一生活的平衡木,正像他诗中所言:"一只蝴蝶冉冉升起 / 仿佛来自我第一声哭啼 / 美丽的翅膀闪烁着时光 / 我期许她不会被一群孩子捕走 / 还好,她慢慢朝我飘来 / 轻轻落在我的指尖上 / 这一刻 / 我的指尖变成了花朵 / 美丽着 / 芬芳着"。

3

是蝴蝶的方阵，是蝴蝶的组诗。 这只是蝶阵里的局部，我期待着史传坤先生的再一场诗歌的蝴蝶效应，在五彩缤纷的生活天空，会有一场更斑斓的诗歌风暴，来对美国气象学家洛伦芝做另一种诗意的回答。

2016 年 12 月 12 日
（作者系河南省作家协会副主席、河南省诗歌学会副会长）

# 说诗（代序）

可以诠释哲语

送人一盏前行的灯

可以焙出热情

温暖孤独的行者

还可以伫立成一个标志

让航行者校对准星

但我可能什么都不是

我只想用诗去倾诉生活


大树高耸在山峰

众人要托着头颅

时间久了，会累

换一种自由的姿势环顾四周

身边的小草

也能折出太阳的光辉


众人吟唱的时候

土壤才变得肥沃

多彩、包容、尊敬

诗才能激荡远方

# 目　录

1
■

## 爱成一片领地

## 想成一场秋雨

## 感动一个城市

3

4

# 我是谁

## 阳台上有盆花

蝴蝶落在指尖上

7

# 蝴蝶落在指尖上

8
.

9

爱成一片领地

# 爱成一片领地

爱着爱着

就把你爱成了一片领地

爱成了领地里唯一的花朵

月下看你吐苞

日光里看你摇曳

还要耐心等待着，看你的败落

花朵败落了

我还要守护一株枯藤

枯藤被风吹走了

我就朝着风的方向奔跑

在风停下的地方

重新为你圈一块领地

用我嶙峋的身躯

骄傲地为你守护着散落的尘埃

你娇羞地说，还是先守护好现在吧

于是，我就把浑身的毛发膨胀、再膨胀

膨胀到近乎爆炸

再庄严地交给你一个

仍含有水分的承诺
我会用数倍的意志保卫着地盘
让多情者
只能隔着篱笆歌唱
我还会在领地里种满温柔的草
傍晚，你情愿跟在身后
清晨，你领着幼崽
静观东海的日出
大地多辽阔
天空多辽阔
春风也开始变得辽阔

## 感谢让我们一家相爱

我爱你清澈的眼睛

我爱你修长的鼻子

我爱你精致的脸蛋

我爱你恰到好处的嘴唇

我爱你雪白的肌肤

我爱你雪白肌肤上起伏的温度

时间不够丰富

我准备细化到每一秒去爱

如能拨慢秒针最好

就可以把每一次跳动都拉长为一个时辰了


我责怪父母让别人生了你

让我失去了与你同在一个襁褓里的机会

让你做了别人的姐妹

否则，我们可以天天同碗

夜夜同床

顿顿喝着同一泉奶水了

感谢上帝让我们结合

从此，我可以把婴儿的爱

幼儿园的爱

小学的爱

初中的爱

高中的爱

大学的爱

统统给你补上

我要像婴儿躺在怀里一样爱你

我要像羔羊依附着主人一样爱你

我也要像大树一样伫立着爱你

或者用春风爱你，用骄阳爱你

用蓝得不能再蓝的天空爱你

用纯得不能再纯的白雪爱你

用无边无际的宇宙爱你

干脆把四季交给你

把大地、天空和整个宇宙交给你

如此，够你任着性子索取了

我爱你的方式是一道多选题

我会优化排列多种组合爱你

还会依着你的喜好

把爱的方案安排好先后次序

每天我都要像夺取阵地一样

一个波次一个波次地对你发起冲击

爱得你的城池燃起熊熊火焰

爱得你心悦诚服地缴械求饶

我还要爱得自私一点

不给你留爱以外任何的空闲

甚至连你吃饭睡觉的时间我都要霸占

更不给他人留一丝爱你的空间

甚至父母对你的爱

也会激起我的妒忌

你的容颜是我一人的宝藏

我不允许别人多看

多看一眼，宝藏就会损失一点

所以一旦发现，我会坚毅地挡在你的前面

但有一点，请你不必生气

我虽然爱着你的全部

其实仅仅用了我一半的身体

另一半我要供养生命

我要为爱你争取到更久的权利

# 致妻子

似乎比激情少了一点

但又比亲情多了一分

你是我手捧的一朵玫瑰

火红得有点过了

你是我手中的一枝莲花

清高得又有点假了

亲爱的，我实在说不出你的样子

你把我当成一头野牛散养惯了

即便放出多日

意念也可瞬间触及

正因如此

我自己不敢把自己散养

你的目光
是我始终背负的一把戒尺

其实，热血沸腾的时候
是可以翻山倒海的
印度洋的海啸
不是吞噬了一望无际的激情吗
有的，人是逃回来了
但以后，再也没离开过家的视野

还是扎起篱笆吧
一寸高即可
从此，夜可以称为夜了

## 010  贪吃

我喜欢你加入的盐、糖

还有八角和茴香

一碗面

被你烹饪得香气四溢

你让我文明一点

说这样的吃相让外人见笑

想到你做的饭

肠胃早已兴奋得难耐

此时的文明，不过是一块累赘


"我做不动了咋办？"

你不经意地说了一遍又一遍

这是个庄严的话题

但来得往往不识时务

每次，我都用待岗的余音敷衍

但饭后我就想

你做不动的时候我可以吃你的语言

如果语言没了

我还可以吃你的微笑

但我不能吃你的背影

你可能已蹒跚着渐行渐远

吃了怕你就真的回不来了

最好还是我先行一步

那时，你就不需要操心为我做饭了

## 012 有感于韩国一对恩爱的老人

爱能融入血液吗

也能融入骨髓吗

否则，为何蜻蜓轻抚荷尖

一方池水都在泛着涟漪

什么语言都指望不上

也别自信娴熟的舞文技巧

如果您真的喜欢文字

此刻，就给词汇留一分尊严吧


爱与不爱分居两岸

赤诚才是唯一的渡船

频频歌唱者

蝴蝶落在指尖上

一半是自卑
一半是胆怯

自负绝不是什么本钱
燕子掠过后又疾驰他处
也能勇敢地说
爱是甜的
也敢镇定地说
直到永远
老人很好奇
他们何曾看过
如此逼真的游戏

空气是大家的
也是他俩的
绿色是大家的
更像他俩的
马路是大家的
其实就是他俩的
而我们
不过是借路而过的游客

## 014 爱情用什么去做

钢筋铁骨虽然持久
但你要耐得住冰凉
还要能宽容日后的锈蚀
昙花一现，真的是美妙绝伦
但你就不要再去羡慕了
那是游人倾尽寂寞后
催生出的一道彩虹
等不到天亮
又会各有各的风景

如果不满意，也可以改为水做
这样，你每天就能在歌声中生活了

只是水也常有枯竭的时候

值得欣慰的是，那时你干枯的河床里

仍残存几尾风干的小鱼

好让你在人前有一个回味的理由

我想你绝不会用风去做

她形态百变，实在捉摸不透

除非你是一个赌徒

否则，有朝一日她会掠走你的一切

但你折旧的身体除外


别猎奇了

还是蘸着阳光和雨露

用普普通通的时间去做吧

虽免不了圆缺冷暖

但的确踏实

## 016 我的世界被雪覆盖

爱的元素不能全部达标

就只能用纯洁掩盖

为此，我的世界常年都在飘雪

但风是可恶的好事者

他常偷偷掀开一角

我更惧怕太阳

她原则性太强

不久，我的全部会被她一一展出

实在残酷

我一直以为世界是我的

风是我的

阳光也是我的

千年的谜面

至今都没一个确切的谜底

真诚或者恃强，往往都是粗野的

添加了谎言作料后

爱显得更加性感

权衡两者，实难取舍

是爱的贪婪催生了太多的无奈

你我，不过世间两粒尘埃

飘到哪儿，真的如此重要吗

大地无声

仿佛天空也无声

# 要来你就冬天来吧

春天你不要来
花已开
暖风吹开了窗台
孤独了一个季节的人
正纷纷走到屋外
此时你来，我很可能不在

夏天你不要来
温暖已越过了警戒线
知了聒噪
此时你来，我不宜再用热情款待

秋天你不要来
整个大地都被你爱熟了
天空嫉妒得比湛蓝还蓝
此时你来，炽烈的心超重太多，我恐怕
背不动了

要来你就冬天来吧

大地曝光得有些过度

为了永久爱你

我把自己设定为静止

此时你来，能够使静止更牢固一些


似水流年

你不来，我注定一无所有

我不去，爱就成了无期的囚徒

# 大地对天空的表白

"我爱你"
这样的表白，是比苍白还苍白了一些
但如不这样，世界都会贴上苍白的标签
所以，还是庆幸能有这个词汇
让相爱的人，聊作最好的礼物

"我爱你"
这是森林对空气的表白
这是草原对春雨的表白
这是河流对海洋的表白
这更是广袤大地对浩渺天空的表白
只是因为缺乏监管
爱与不爱的人
亲与不亲的人
甚至敌人与敌人
都在大量免费下载
的确，表白的时候
有的人，心在澎湃

而有的人，心却在战栗
还有的人
心扉始终没有打开

是的
因为珍贵，所以你才羞涩
我知道，你更想要的其实是清风
最好还能静止在水面上
最好可以永久定格

# 天地之爱

天空觉得仅有湛蓝还不够

央求晚霞匀出了一片彩虹

于是，整个宇宙都在为天空动容

高兴时，把所有的温柔通过春风给了大地

把所有的温暖通过太阳给了大地

也把所有的浪漫通过月亮给了大地

生气时，泪滴先是一滴一滴地流，再是

一串一串地流，最后干脆电闪雷鸣

你说要哭就哭个酣畅淋漓

要哭就哭得日月蒙羞

大地向你袒露出了胸脯

沟壑似一片片疯长的疤痕

可你说这无碍大地向你表白

是的，只有他能捧出无垠的花海

用亿万个词素表达唯一的心愿

只有他能舒展出整个地球的绿色

用纯得不能再纯的颜色来表达爱的炽热

只有他能怒放出无数条江河

用毫无原则的清澈来表达爱的纯洁

只有他能爱出占地球四分之三面积的

浩瀚大海

但你们的爱也并非一帆风顺

火山喷发、泥石流、海啸、八级地震

你们每一次争执，地球都在战栗

可终究是天地之爱

每次争执都在挥手之间

# 如何才不孤独

跳跃的音符拉得再长
也不是爱情
只能缓释肚里一时的火热
明天已被标注了休止符
音乐重新响起的时候
已是另外的旋律

你要的
是可以把青春吹熟
从此不再有麻嘴的青涩
你要的
是能够把黑发吹白
从此不再往回穿越
你要的
是把牙齿甜得一片片飘落
从此，你就可以一口一口地喂我了
你要的
是随便加盐、加糖、加各种喜欢的作料

按心之向往
做出自由自在的味道

乐曲绵延无际
可以吹得地老天荒
可以吹得海枯石烂
可以吹得整个宇宙只剩下你我
当然，后面还会跟着一群我们的孩子

你说
唯如此，你才不会孤独

## 026 我不能去看你

去看你

只能带去更浓的孤独

你我眼帘半掩

喝醉的眼神还躲在门后

此时，汽笛正一声声催促着归途

你的视野在疏远你

那只花猫

开始用屁股对着你


孤独打扮得油光锃亮

需要你用每一个部位慰抚

只可惜腰肢纤细

不知能否托起它臃肿的贪婪

你只有试着改变了

当变得粗野的时候

孤独才会悄悄溜走


当然，我也会做出改变

对照你厌恶的标准塑造自我

届时，世界就会变成

调皮的花猫

## 028 我走不到的时候

我走不到的时候
阳光会替我去
她捎去温暖
驱散阴冷
你搓着手
开始扭动婀娜的腰肢

我走不到的时候
月光会替我去
她扯去紧裹着你的疲惫
芙蓉出水
你绾起秀发

开始品尝梦的青涩

我走不到的时候
细风会替我去
她捎去透明的清凉
撒下炎热
你凹凸有致
开始走出紧闭的房门

我走不到的时候
蓝天会替我去
她带去湛蓝的祝福
金色匍匐在所有的原野
你生了一地的孩子
此时你的微笑
刚刚开始

# 相望季节

夏天强行插足

我们被拆分在两个季节里相望

你那里春花烂漫时

我这里已是暮秋

原野被剃得干干净净

唯独我，还把你想得郁郁葱葱

阴冷用蜜语俘获了夜的全部

我成了谦卑的囚徒

风趾高气扬着，夜夜敲着窗户

提醒我要诚实改造

不允许再把思念偷偷放出来

滋扰夜的宁静

那好吧。 但我还存有一壶老酒

每晚温上一杯

可以暂且把长夜独酌为一片明媚

唯有此时

我才有与春季擦肩的可能

# 迟开的桂花

犹豫得有些偏久

一旦释放，就毫无保留

但清香留给的是迟到者

不知是痴爱还是放纵，只有你的沉默清楚

错过了，爱

还需要再等一个轮回

我的耐心，富有得多余

这个你未必知道

我不是为索取而来

也不是为歌唱而来

清香散后，需要有人为你填补苍白

这个你也未必知道

爱成一片领地

如此说来，这不一定是你的错
早与晚都是意料中的事
是我把答案只设定了正面
天气渐冷
我先一步被冬季围猎
错过了你
只能燃起一个爱来温暖另一个爱

# 墙上的风景

两行泡桐

被细雨密织为宁静中的风景

一把花伞

经常穿行在雨中

一双抑郁的眼睛

无辜被丢在小巷的拐角处

若干年后，泡桐和小巷

被牢牢钉在了墙上

而小巷的尽头

还是茫茫无际

如今，细雨停了

而花伞却依旧打着

一双昏花的老眼

被安放在对面的墙上

# 秋天的一刻

这一刻，被摄影师提前预定了

太阳暂缓着归途

绿在一滴滴地渗漏

今天，青山索性倾其全部

风丢下阴冷，屏住气

在湖面铺就一层碎银

夕阳、青山、湖面、微风，你们在

以微笑计秒，以温暖计分，以甜蜜计时

秒秒分分时时转动的，都是暖意

但此刻，只供新人独享

我们欢喜，却甘愿做一群游客

春夏远去

承诺在时间里熟透了

你们决定暂收一半

另一半，预留在冬季

不过，稍后无妨

这一刻，还是先享受彼此的相拥吧

# 从 0 到 1

你多次试探，还派人潜伏

实在没有必要

因为除了激情之外，我贫瘠得近乎透明

能够让我申诉，我已十分感谢

不论你是出于怜悯

还是已经洞察了成功

我是 0，你是 1

我就是一个初创公司

我自信发现了一个恢宏的风口

而你，就是迎在风口的一枝百合

我不习惯试错

众多数字中，你站得最直，也离得最近

爱成一片领地

我要在你身后再种出无数个小 0

一枝百合身后再孕育出一万枝幼小的百合

我不喜欢红海

它会沉溺我爱你的尖端科技

赏给我一片蓝海吧

我会变成 72 个我，一同爱你

0 依偎着 1 才有价值

你不来

我将重回贫瘠

# 问候

你好吗

揉进了春夏秋冬说不尽的酸楚

两行热泪

把花前月下湿成了群山

山的那一边

是茫茫戈壁吗

你走向何处

夜晚如何露宿

是片片林海吗

马路是否敞开了心胸

灯光像我一样忠诚吗

一位白发少年

这些年在人群里若隐若现

究竟哪里才是你的归宿啊


你好吗

如雪花一片片飘落在这个世界

你以这种方式寻觅

千万张仰起的面孔

哪一张才是你的朝朝暮暮啊

少年已麻木成了过客

他习惯了低头走路

就这样，注定你的生活一直都是

一直都是飘雪的日子

# 七夕

还好
厚厚的惆怅有了逗号
尽管句号无期

一条无奈的河还在奔流
但两筐希望在一天天成长
天庭里，一双愤怒
也正在慢慢消散

看看人间吧
悠笛吹落了黄叶
寂寞的高楼
倚破了几处栏杆
古道上却依旧是
尘土飞杨
日出日落

人们疑惑
如今通信连接了天地

爱成一片领地

但喜鹊们还在搭桥

是忠诚

是习惯

抑或不敢怠慢

桥上的低语还在绵延

风姿绰约

乘月光翩翩而下

能否把通信切断

让热恋的人真正分开一段时间

不知那时的天空

是否还闪着深邃的眼睛

# 说爱

像太阳对月亮
白天不能并肩，夜晚
就躲在身后
任凭月亮挥洒自己的光泽
像大地对天空
虽从未有过肌肤之亲
却可以把火山、地震、洪水、泥石流
都一一揽入自己怀中
其实，在或不在都无所谓
物质少了，精神可以多匀一点
长了短了也无所谓
哪怕生命只有最后三秒
一样可以执手取暖
鱼对水的爱有点自私
风对雨的爱有点冷酷
春对秋的爱有点势利
叶子对树的爱又宽容得过度

爱就是爱

爱就要爱得让你我空白

到了极致，就应赤裸着透明

爱就是爱

爱就要爱得让爱字感到浅薄

爱就要爱得让其他汉字更无力替代

想成一场秋雨

# 想成一场秋雨

入秋以后
一直酝酿要好好想你一次
无奈天始终灿烂地晴着

每次都是刚开了头，慢慢就干了
昨晚的雨还在下着
是细细的那种
是你从外面匆匆晚归的那种
是刚好我用来想你的那种
我在人间五十载
你只疼我三年就走了
走就走了
也不留下一张相片
我的泪都白白给了黑夜
走就走了
也不留下一粒糖果
从此，我的牙生疏了甜的味道
走就走了
却把你对朋友的好留下了

却把你时髦的衣服留下了

却把你抱着我亲了又亲的场景也留下了

你还想霸占着咱家所有的

分分秒秒吗

我该如何想你呢

就让眼泪挂满所有的树枝想你吧

就让眼泪浸润着广袤的原野想你吧

就让眼泪咆哮着翻滚着想你吧

不过，还要留下几颗挂在窗棂上想你

风会把泪吹成一串月亮

这样，我还可以在梦里想你

这一次，我要把思念想成百分之百的纯度

我要把你想成整个宇宙

这一次，我要把你想得透透

# 儿时的中秋

如果让我临摹月亮

我可能怎么都画不圆

因为缺失的那一角

我一直给父亲悄悄地留着

母亲哭的时候我曾想补上

夜晚饿醒的时候我曾想补上

受人欺负的时候我曾想补上

村东的小河流了又枯，枯了还流

村西的柳树绿了又黄，黄了还绿

可始终见不到父亲的踪影

我觉着还是缺着更好

缺着我就有了一个等待的理由

但十五的月亮亮得刺眼

每年，我都想把这一天缩短为一秒

或浓缩成一滴眼泪

这样，不仅母亲能流

我与妹妹也可以流了

可时间被赏月的人拨慢了

想成一场秋雨

我就索性蒙头睡觉

月亮真是愁煞人

偏偏又溜进窗棂照着我


有一晚梦见父亲

他久久抚摸着我的头说

他在那边真的很好

从此以后

我就把月亮缺失的一角补上了

现在的中秋

我的月亮可以和你们的一样了

# 写给父亲

我早已经对中秋麻木了

因为麻木了，就可以少想您了

但不想您很难

尤其是临近节日，有时在莫名的时候

说好这次不想了

我要约几位好友喝场酒去

怎奈人间把今年中秋渲染得过度

我又改变初衷

只能再次对朋友爽约

您二十几岁就走了

您走的时候冰天雪地

来年的花朵还在做梦

想成一场秋雨

您顾不上听，就匆匆而去

麦子您才收过二十茬

玉米您才掰过二十遍

长城您还一次没去过

我想您肯定有这样的打算

否则，时髦的衣服怎么会如此之多

它们安安静静地躺在柜子里

最终，把白天也想成了黑夜

似乎它们更像您的儿子

您没顾得上穿它们

或许是有意留下想您的线索

您对我的疼有点模糊

但我对您的爱清楚得多

我常常怀疑，血缘还会连接着阴阳两界吗

不然，我怎么会如此对您不依不舍

我步入了中年

已代您看遍了半个世界

还要迈入老年

继续代您看遍群山上的云朵

您那边常年阴雨

我要把阳光替您多看一些

春天的，夏天的，秋天的

冬天的有点寒，就不多看了
我要把蓝天替您多看一些
平原的，高山的，北方的，南国的
雾霾已经污染过的，就不多看了
只是今后见您的时候我已老态龙钟，而您
可能还是黑发少年
那一刻，我俩该如何寒暄呢

# 我的母亲

无数次拿起笔，无奈
又叹息地放下
母亲，写您是我早就拟好的计划
只是您有点难写
所以，至今我都不曾捧上一句像样的歌唱
但这次我不仅要从正面，还要从背面
不仅要从过去，还要从现在
我要写出一个 3D 的您

从正面看，您是我和妹妹的母亲
身材偏矮
也不漂亮
父亲却属于倜傥的一类
他从没告诉过我们他为何娶您
就急匆匆地走了
当时上帝也不给个提示
我以为父亲去远方办很重要的事
久久不归，为找他我爬遍整个村子

有一天，我也失踪了
您携着襁褓中的妹妹
呼唤声刺穿了云层
最后，您竟在父亲的坟头发现了我
当时我正酣睡
甚至哭闹着不愿意醒来
这一刻
整个村子都哭了

父亲走了
狠心地把糖果也带了去
我曾怀疑他是否还有别的孩子
从此，您开始用红薯喂我
您总算让我接受了
可三个月大的妹妹不干
她手撕脚踹
您硬是流着泪把红薯
一口一口塞进她的嘴里

从背面看，您是个女人
女人的心我们不懂
但我记得一个个长夜里

您就着孱弱的灯光

吱吱呀呀纺着棉花

紧掩的门趔趄着身子

灯光探出头又急忙缩回

您几乎夜夜都和着凄苦的小曲

我在睡梦里问：娘，您哭啥呢

您说：娘没哭，娘在与纺车一起唱歌呢

小曲绑扎着黑夜

试图不让它疯长

夜堆满了屋子

您却从没给父亲寄出过一个


母亲，如今您太健忘了

每天竟与太阳比起了微笑

儿子不想再写下去了

因为这样的歌唱

注定您会不屑

# 给母亲养条狗

母亲不情愿地老着

近来她想养一条狗

妻子以无暇婉拒

我还在犹豫

父亲在寒冬里走了

她就握着我和妹妹的小手取暖

后来，她扛着生活的梯子

汗随大江奔流

她把自己笑成岸上的花朵

现在她两手空空

时常一个人在马路上行走

时间被拨慢了

沙发可以躺了
房子可以跳广场舞了
母亲却说，她更想养一条狗

儿时，我和妹妹跟在身后
母亲喜欢跟我们对话
又像自言自语
所以，不能听懂全部
如今，母亲要养狗
一个不大的问题
我却捉摸不透

# 母亲进京

母亲有小麦、玉米

还有聒噪的蝉鸣和冰冷的蜗居

节气依次在她手指间流转

她熟练地变换着工作的方式

她把一半产品留给家人

一半产品推进城里

为了茂盛和香味

她曾日夜冥想

无奈体力不支

愿望被岁月冻成冰串

但她还是挺着驼背的骄傲


"娘，我要带您到北京

去感受一下电视里的风景"

她错愕

然后绽放出一脸庄重


游人如织


想成一场秋雨

天安门城楼上
她站在了伟人的位置
目光仿佛也深邃起来
但我实在不知她此时的前方
究竟是雀跃的人群
还是熟透的麦浪

微风阵阵
母亲熟悉地迎着朝阳
她的心飞回了家乡

# 送给母亲

母亲，请您原谅
我记住的是元旦、春节
还有五一、十一等适合游玩的节日
关于母亲节，我确实有些生疏
所以，您从未收到过我的鲜花和祝福
甚至连电话里的问候都不曾有
我是读着别人的诗句才想起了您
干涸的眼腺里居然涌出了惭愧
母亲，我很庆幸
您的儿子还没有丧失流泪的能力

这些年，学校收获了我的成绩
单位收获了我的贡献
爱人收获了我的陪伴
孩子收获了我的呵护
我的母亲，独有您什么都还没有收到
"不，我的孩子"
您干瘪的双手抚摸着我的头颅说

妈妈有你儿时的活泼

妈妈有你梦里的啼笑

妈妈有你一年一年健康的阳光

当然，妈妈还有一次一次打你之后的懊恼


母亲，这些年我常在城市间穿梭

但苦于听不到西安的古韵

看不到苏州小桥的流水

西湖的断桥可惜真的断了

而阳朔山水的清澈也正被雾霾折磨

我厌倦了钢筋混凝土的灰色

母亲，可您的脚步却不曾踏过

咱们县城的街道

"不，我的孩子"

您竭力掩藏着，局促地说

妈妈听惯了清晨里第一声鸡叫

妈妈看惯了烈日下绿生生的麦苗

妈妈喜欢泥墙灰瓦里钻出的炊烟

妈妈舍不下巷子里邻里的唠嗑


不，母亲，您别说了

我还能记得您一天天疲惫的晚归

我还能品出过年时您流下酸楚的泪水
我还能唱出您纺花时哼起的凄婉小曲
孱弱的煤油灯下，您的背影是如此无助
我多想把这一切都告诉父亲
但每每苦于阴阳两隔

我吃腻了美味佳肴
又尝试着所谓的科学膳食
可我的母亲，您呢
依旧是青菜糙米
一碗剩饭，总是热了又热
当您捡起地上的一粒米
满意地送进嘴里时
我再也忍不住自责的泪水

母亲，星星仍在眨巴着眼睛
她们的闪烁一如我儿时的困惑
那一颗最亮的还挂在原处
可您讲的故事我已忘净
是星星把它们挂在了天上
因此还能清新如初
今夜月亮半圆

想成一场秋雨

母亲，不知遥远的您啊
是否听到了儿子的拳拳心声

母亲
我已决定脱去虚伪的忙碌
还要甩掉臭乎乎的吝啬
让思念今夜启程
您不要再站在村口等候了
请做好一碗手擀面吧
明天的黎明里
您的枕边不会再湿漉漉一片
儿子的笑声啊
还会像吵闹的小鸟
扑棱棱飞进温馨的家园

# 我还有梦

清晨，母亲做饭的声音像轻擂的锣鼓
这一次，很不情愿被吵醒
我挣扎着挤着双眼

把梦尽量多挽留一些
昨夜，我梦到一棵树分娩，开出鲜艳的花朵
就在这九月
在树叶开始飘落的九月
在失落已经开始渐浓的九月
我很好奇，挤着眼想象着以后的情景
绽出绿叶，然后枯黄，再飘落于现实
如果这样，梦又拐回了人生
我一大早的兴奋就白白浪费了
但我想，这个梦很可能是另外一个结局
花会这样开遍四季
开得脱离自己
一切又都会从荒芜开始
树下的人把每一刻都聚拢起来
边吃饭边议论着什么

想成一场秋雨

那时，树上还会下起甜蜜的花粉

一粒粒落在我们的碗里


照例要匆匆上班

这一早，我仿佛挺着身怀六甲的肚子

脸上绽放的

全是即将分娩的幸福

一个五十余岁的男人

这样放纵自己，多么不合时宜

我还不够坚定，一路偶露尴尬

# 重写祖母

我已经写过一次了
但你不满意
你说自己没有那么完美
还是客观一点好
自己个子虽然高挑
但不能说就是漂亮
我的双眼有点下陷
影响了整个美观
你爷爷之所以非我不娶
主要是看上了我的力气
我与牛一块拉犁
我与驴一起推磨
你爷爷在后面不停地抽我
我也没那么贤惠
你爷爷自私地离去
我得保护好他的种子
一个都不许少
他临走时

想成一场秋雨

一双灯笼眼恶狠狠地瞪着我

于是，我从你爷爷手里接过了犁耙

牛不服管

说我怎么突然就当了领导

八个崽

不小心中途还是丢了一个

为此不敢去见你的爷爷

我就这样一直挣扎着待在人间

你爷爷在那边说了

等种子的种子都发了芽

他才会见我

你刚发芽的时候

你爹就被你爷爷领走了

我的日子又变回黑夜

我恨死了你爷爷


是你把煤油灯给奶奶拨亮

灯影里晃动着缩小了的你爹

我百看不厌

就把你当成你爹养了

不过你比你爹强

你能考上大学

当初你爹连参军都没人要
你爹哭着回来
我安慰他说
种子重要
不久你就降生了
看起来奶奶当时说得没错

最后还有一条
剩下的六个崽还算善良
但都没完全达标
老大不太诚实
老二爱耍心眼
老三华而不实
老四常常自负
老六逃避劳动
老小特别任性
这些都是我的大意所致

重写吧
万万不要误了读者

想成一场秋雨

# 写写外婆

您是在月亮立在树梢的时候给我托的梦
说自己有些忧伤
虽没秋雨多，但还是有点凉
我已写了祖母两次
却始终对您只字不提
那边老人唠嗑时，您有点尴尬
这个季节，墨汁应该不缺
您不妨就用落叶蘸些秋雨写吧

其实，您与祖母相像
也是一人守护七个孩子
外公吃不到粮食，就先去那边垦荒了
您本想陪着去
但迈出一只脚后，您想到了孩子
您爱笑，虽然笑得有点苦
但孩子们爱看
看着看着，他们就忘记了哭
您让他们从春天里开始成长

还用善良

给冬天也披一身温暖的衣服

所以，他们个个都很达标

老大敦厚

老二仗义

老三坚强

老四聪明

老五贤惠

老六率直

就老七有点蔫乎乎，但做事还是心里有数的

您把队伍打造得作风过硬

展示出了卓越的领导才能

看着他们

最后您是一路笑着走的


外婆，我这样写您够吗

# 家不是故乡

每年，母亲总念叨着要回老家看看
每次我都找尽理由搪塞
她继续忙着，并未反抗
却背对着我

一条窄街
两溜矮房
偏西头的几间
便是母亲的念想

桃花正在含苞
油菜花蜇痛了眼
我怡然地望着窗外
母亲说，老家的麦苗要打苞了，正好看
我继续望着，并未反驳
却背对着她

二十余年，娘还是要回老家

妻又说

村庄一个个被列车甩远
视力却找不回来
车外的墨绿淹没了桃花
母亲给儿子的是爱
却把思念寄给了
长眠故乡多年的老伴

家不是故乡
母亲肯定这样想

## 我停不下来了

鞋子被大地掠去了

裤腿被风撕开了一道道口子

我蓬头垢面

从哪里来，又到哪里去

为何一直在如此奔跑

你们关切地问我

我不过是为了一粒米的价值，抑或

一束太阳的光泽

干瘪的、发霉的，甚至鸟儿丢弃的

柔弱的、昏暗的，甚至树荫漏下的

我暂时还没有选择的权利

我的兄弟姐妹

思想和自由全在这儿了
但请把我的热血和身体留下
不能奔跑的时候
我要归还给我的母亲
也不要逼迫我伸出双手
就让我用谦卑的微笑
沿路乞讨吧

回来吧，儿子
母亲已用炊烟和树林呼唤
再用草原和江河呼唤
最后，干脆用大地和天空呼唤
我已经听到了，母亲
但对不起，我停不下来

我掩住耳朵继续奔跑……

## 074 故乡

东奔西走

我丢失了钥匙、行李、金钱

还丢失了钻心的初恋

你却一刻都不曾离开过

一直被我小心翼翼装在心里

故乡，我是用心爱你的

甚至最终想把身体也交给你

就安静地躺在你的一角

看天空飘着儿时的炊烟

听着你温暖的唠嗑

本来这已经足够了

但大家又相约回到从前

都按照亲人的范本
重新演绎一回各自的角色


如今
你美容得过度
把我儿时的一棵老榆树也砍了
你冷漠我的土话
偶有儿童
也是匆匆而过
故乡，这些年是你把我弄丢了
你早已过上时尚的生活
而我一直还在远古里想你
我喜忧难表
决心再次踏上苦苦寻觅之旅

感动一个城市

# 我打算去旅行

不是为了双眼的享受

我有一粒种子

不知该种在何处

行囊里还有一本书

和一盏灯

我用孱弱的光线钻透黑夜

细读那一边的光明

我在沙漠帐篷里苦守

为着风暴后

一声疲惫的驼铃


百花霸占着草原

没有种子的位置

江河日夜奔腾

大海里有鲨鱼等候

能否把种子种在你的心里

上天说他会送来阳光

暖暖的味道

滋润着每一方土地

果真这样

我愿做忠实的用人

在种子开花结果中

慢慢变老

# 初次旅行

我疲惫不堪
却仍看不到终点
行人满脸的陌生
一个个擦肩而过
没有关系，这些我已习惯
一路上我反复鼓励着自己
但日头真的染红远山的一刻
我忐忑地一遍遍叩问自己
归期该在何时呢

还是进来吧，住宿歇脚均可
主人递上满脸的微笑

感动一个城市

有一股暖流躁动，我欲放下笨拙的行囊
又何必呢
既然旅途漫长
就把沿途也当作一种风景
中途的驻足
是为了明天更好的启程
主人递上微笑的名片

我终于释怀
忙回敬主人一句真诚的谢谢

# 我想去远方

那里的天应该很蓝

还会有一望无际的青草

我喜欢躺在草地上看一朵白云在飘

很想与她谈谈，我自语

风多情，跑来说她能撮合

我笑得手舞足蹈


夕阳下的城堡雄浑得悲壮

尽管已被岁月撕咬得遍体鳞伤

但奴仆们仍垂首两旁

我昂首阔步

独自享受着国王的尊严

那一刻，我只任双眸自由地思考

对不起
这一切都在梦里
醒来我又一次嘲笑自己

朋友，您可知道谁把我禁锢在了这里
使我一生都不曾迈开双足
金钱，时间，工作，交通
还是那些所谓的险恶

您指了指小溪
然后又看了看大海

蝴蝶落在指尖上

# 坐在高铁上

在时间的黑洞里穿行
人物和风景都成了剪影
等到一束亮光再现
我们都纷纷下车
喇叭声高喊：您的目的地已到
谷暖无期
生活只剩下了嶙峋的骨架
但人人似乎都很兴奋
一旁的禅师皱着眉
他不解
大家如此飞奔着在追逐何物

## 086 高铁印象

一条条巨蟒

贪婪地吞噬着时间

为穿越时空

我们都甘愿成为猎物

可到头来

生活却成了嶙峋的骨架


聆听着悠长的泉声

曾经忘却了生活的归途

如今泉声远去

窗外的世界

开始变成一幅剪影

我想穿越到从前
但高铁却粗野地说
"不行"

我无奈
任凭一条又一条的它们
迅速漫过我的视野

## 088 沿着铁路去旅行

两条绵延的平行线

从云端跃下

又缓缓钻进山峦

火车驮着太阳飞奔

昼与夜频繁轮换

时空好似换了人间

某年某月的某一天

我决定来一次立体旅行

可以从春走到夏

顺路再到秋

然后一路可以拐到冬

最终把时间走成迷宫

我就在迷宫里体会着冷暖

或者把时间走成微缩景观

有沙漠的沧桑、戈壁的荒凉

冰川的冷峻、草原的宽广

抑或把时间走成愉快的聚会

城市的繁华与农村的古朴

频频碰杯

旅行团领队想了想说：至少一年吧。 不过

票也不太好买

这一刻，《我想去桂林》的乐声

远远飘来


如今，四季在铁路上同时绽放了

我已背好启程的行囊

## <sup>090</sup> 进城

我跋山涉水慕名而来
城门却紧闭
城墙上旌旗飘扬
"欢迎"二字被风抽打得砰砰作响
我怯怯叩门，久未回应
偷窥门缝，里面深不可测
阴冷扑面，我忙抽回头
这就是我要交付思想的地方吗
我仰望天空
看不到一丝云彩


城外的世界其实很绚烂

野花在骄傲地绽放

野蛮地扩大着地盘

并说有一天要开遍城里

哪怕城门就这样一直紧闭

我有些疑惑

一群育苗人正和着小曲

婉转悠扬

也好，此时我不太想听号子的悲壮

别等了，城门只夜间偶尔打开

加入我们，把心事交给秋天吧

失落不愿退去

但春风已开始拂面

# 早晨从幼儿园路过

为预订一张贵宾席

父母们舞着长龙

无邪得不屑

天空以深邃的蓝，在为孩子们喝彩

然父母们却不领情

他们想要的，是天空以上的天空

实在为难，有的中途退赛

父母开始用双脚进行投票

沙发多么可怜

从此，天天都遍体鳞伤


太阳静静地照

树木与小草也沉默下来

世界沉寂得陌生

此时，一对父母

正把心塞进孩子的书包

如今的幼儿啊

一个一个，都在匍匐着前行

# 与一只鹅相遇

清早，一只鹅溜出了圈舍
摇摇摆摆地横穿马路
此刻，它的主人仍在酣睡
它不走斑马线
也无视红绿灯
那都是人类制定的规则
仿佛与鹅无关
鹅的规则就是一道简单的栅栏
不远处，一辆货车飞奔而来
我急得频频摇手
鹅怔了怔，继续走它的路
交警跑过来

伸手叫停了货车

目送鹅大摇大摆地穿过了马路

此时，前方的绿灯很亮

货车司机的第一反应

是鹅闯了红灯

但直到交警解除了口令

他才如梦初醒

# 一群麻雀飞过

太阳被晨风唤醒

惺忪间用余光罩住草坪

一群麻雀飞来

嬉笑着从网眼里偷食虫子

我只是散步

但麻雀不这么想

遇见我，一哄而起


喷灌在旋转着跳舞

一帘水幕不时挡住去路

我从帘中穿过

浑身沾满了水珠

再次经过小路

喷灌已背过身去

园丁抬起头

朝我露出绿色的微笑

太阳彻底醒来了

光线温柔得要死

# 一棵大树

伫立在闹市区
被树林赋予全部的风景
可是对人类
你不过是绿色的牙祭
风雨中
伞盖也只能容几人而已
所以你选择安静
安静得几乎忘记了自己

每次从你身边匆匆而过
我都不曾留恋绿荫
这你是知道的

我每天都有自己的路要赶
现实已让你如此困惑
我不如把自己置于更远的绿色
那里，或许会是一片林海

秋天又杀了回来
你照例很无奈
但还是通过最后一片落叶告诉我：
谢谢宽容和理解

# 因为有一片森林

我与老人相向而坐
我们都在用余光扫描着对方
确认没什么不妥后
老人照例闭目养神
他的呼吸逐渐均匀
从树荫指缝里逃出的阳光
正玩弄着老人的胡须
此刻，仿佛世界已与他无关
仿佛时间也与他无关
他的家，就在那栋楼上
但这是他常来的地方
这里是小区中的一片树林

我关闭手机
也学着老人的模样
不一会儿
树林里将响起高低的和音

# 感动一个城市

挖掘机昼夜都在吼叫着奔跑
仿佛整个世界都是他们的
地球在战栗
您还能把青砖绿瓦从容地留下
您还能把青石板路从容地留下
您还能把自己的习性也从容地留下
在强势的阳光里，您屈下身体
把自己几乎谦卑成一个村子
恬静得近乎静止
走近您，人们能与宋人对话
看一看
屋檐下的他们悠闲如初
一个话题唠了千年
好像还没有结果

我曾嘲笑您的寒酸
每次都把行程缩得最短
甚至都不想与您擦肩

现在西安已不叫西安了

苏州也不叫苏州了

大家都改成了一个时髦的名字——繁华

而您却坚守淡泊

替人们悉心保管着穿越的空间

至今，您仍喜欢世人喊您的乳名

——汴梁

## 听演唱会

你在舞台上卖力地奔跑

黑夜里绽放出满天星斗

一首词被低吟成桂花初开

我在静候着暗香飘来

月光静静宅在青苔里

怎奈闪电拽着雷声

一波接一波猎杀着落荒的安静

一旁的女孩兴奋异常，问我如何

我微微摇头，她不屑

我想听到

山坡上散落着几处矮房

阳光怕惊扰了吃草的牛羊

踮着脚眺望

女主人忙着早餐

男主人在浏览当天的早报

此刻，一只花猫

正玩耍着他的衣角


我在雷电中起身

星星争相在黑夜里摇曳

# 换道

周匝充斥着怀疑

还能闻到窃窃私语

我暗自说，请你们不要这样

我实在太累

再撑不起高昂的头颅

雾霾浸润着我

我变得有些恐惧

翻遍所有的行囊

却怎么也寻不出一丝光明

这时您走过来

切开雾霾，问我愿否前往

我感激涕零

真待雾霾撤去
我又禁不住他处的诱惑
每想到您早在那里等候
我自责难抑
对不起，真的对不起
我实在摆不脱新的驱使
未来的日子我会常去书信
想说的
可能全是默默无语

## 106 船渡

月亮给大地披上一层薄纱

我就蜷睡在纱帐的角落

梦里船夫悠悠撑来了渡船

湖面如镜，远处泛着温柔的光

小船撕开湖面

灯光被波浪击碎

世界只剩下了船桨

我的大脑塞满了桨声


拂晓我到了对岸

月亮忙着收网

她独留我桥上张望

此时，翠绿舒展，桃花嫣红
大山映出一层朦胧的剪影
我，兴奋一波接一波地涌动
此刻却突然传来船夫的催促
"回去了"

我懒得睁开双眼
但阳光已刺透窗帘
多么讨厌，这愣冲冲的光

## 石油城

一群人挥着拳头，吼着号子
从四面八方赶来
用野蛮的身躯调度着机器和钻塔
燃烧的意念随钻杆注入地下
融化了远古的地层
油流突然喷薄而出
那一刻锣鼓喧天
一群人相拥着
你，就这样在不经意间诞生了

可是，你一无所有
低矮的毛草屋

孱弱的灯光总被荒野吞没

孩童畏惧嘶叫的漆黑

早已躲进了被窝

只有女人们

清冷中苦等着男人的晚归

那时，你有些猥琐

甚至连一个像样的名字都没有

后来，你总算拥有了水泥路和路灯

涂鸦的时尚散发着土腥味

可你已十分满足


先来的人晒着太阳

当年的号子还在耳边作响

不过多是无奈、凄凉

"今天的阳光真好"

谁把一颗石子丢进水里

把涟漪留在了身后


谁相信

无名的你与遥远的布伦特连在一起

因它心潮澎湃

也因它失落无助

苦命的你
总是操心着总理关注的事情


再后来
有的人远走高飞
有的人无奈地厮守
而你，淡定如一
岁月中渐渐老去……

# 平面生活

——有感于矿区单调的生活


哪位设计大师能把我的生活

重新设计一个方案

除了流汗扯舑之外

可否添加一些新颖的类别

除了白天黑夜之外

可否添加一些鲜艳的颜色

除了工厂家庭之外

可否添加几处动感地带

能否让疲惫的工厂定时休眠

下班后，我也能去看看春天的花朵

或左或右，或上或下的面孔

就留在八小时之内研读吧

不必为此再增加额外的时间

我已很累

与人再次谋面时

就不要再反刍工作的苦涩了

能否让我在咖啡馆里品品咖啡的味道

在音乐厅里听听高山流水

与家乡人久未谋面了

请一并优化来往的机缘

设计大师

看来局部调整已无意义

您干脆把我的生活设计为 3D 吧

别让我在平面上展播了

我想在立体里跳跃着生活

# 又观大雁塔

短短的街道
如何承载了辉煌的厚重
纵使把名人纷纷赶出厅堂
或立或坐
卖力地唱念做打
也难以详尽其中的曲折传奇
漫步仿古的石板路上
五味杂陈
是为那段历史
还是为暴露在风雨中的古人

塔的雄浑被挤得干瘪
难为高僧了
他还一直苦守着清影
夜夜盼着莲的盛开
只是
身后的嘈杂一股脑扑来
吞噬着柔弱的光明

高僧无奈叹息一声

睡了

石板上空留脚步

一声声

叩问着大地的心灵

# 从北京到伦敦

飞机吻别大地

神经在颤动中疯长

我向往云端

那里保留着崭新的四季

还有人踩着云朵

正精心续写不朽的传奇

第一道蔚蓝涌进眼帘

身体蠢蠢欲动

梦里我才是传奇的替身


夕照中，双脚触地的一刹

我嘴角露出一丝狡黠

身体开始贪婪地攫取蓝天、碧水和

透亮的空气

但人们并不抗拒

仍悠闲地走着他们的路

相迎时还露出微笑

尴尬间我掏出一份问候

街道上

远古的身影罩住我

推他不开

只能在阴暗里蠕动

最后，索性踅进一条玻璃小巷

虽然还是与人擦肩

可他们已进不来

我也不再恓惶


我想，回北京时

我会好好梳理一下梦的故事

还有水道上偏执的波纹

让空中的传奇穿越小巷的出口

再来时

我要和这里的人们

——拥抱

# 杜伦小镇

小镇的内容可以简略为

大教堂和杜伦大学

两者似乎嫌挨得太近

就分别矗立在威尔河两旁

思忖一阵后又觉得太远

建了一座桥相连

还借用树林的绿荫紧裹着通道

教堂下来的人，心里都揣着钟声

学校上去的人，肃穆于通道的寂静

日复一日

小镇的人习惯这么走着

我不过是一个游客

看到的只是默默的行人

和两座建筑的严肃

## 118 与伦敦的天空道别

比湛蓝还蓝，蓝得近乎纯粹
谢谢，这一段您给予的，已远远超乎
我的预期
但什么东西一旦爱得过度
就容易生出悲伤
此时，我就悲伤着无法与你长相厮守

可是，我也见证了您的背面
您爆发的时候
乌云会踩着头顶，我感到呼吸急促
请原谅，没经您的允许
我多次偷偷拽下几朵擦拭窗户

蝴蝶落在指尖上

那一朵染有些许灰尘
或许我曾经用过
这些天我仰望着您
几乎没再看过开满繁星的夜空了

我还要与周匝的景致道别
这时，宿管走过来
他高高举起钥匙说，给您读博时留着
紧锁的泪从门缝里涌出来
淹没了沿路的风景
司机在自言自语：天气不是太好
声音细得不想让我们听到

# 一条马路的困惑

村庄被一条马路劈开

四季里人们开始城乡相望

一段故事有了另一种读法

但还不知道哪一种更为生动

我本是在黑土地里撒下的种子

又被炊烟吹开了花朵

果实虽然结在城里

但我习惯的还是泥土味的读法

母亲很兴奋

逢人便说我现在是城里人

其实，我也只是一只躲着太阳的候鸟

日出前赶到路那边

日落后又赶回路这边
城里的光吞噬着村里的灯
每天，我都踏着坑坑洼洼的灯光穿行
我认不清自己是谁了
虽然黑土地仍近在咫尺
虽然炊烟依旧升起
于我已经恍如隔世

# 麦子熟了

大地刚被绿色填满

你就杂乱无章地泛起耀眼的金黄

以一种高调的姿态喧嚣着收获

你在老农的血液里浸泡发芽

又在他粗糙的皮肤上吐出幼苗

再到今天

催促他准备磨镰的庄严仪式

整整大半个年轮

你都生活在他的呵护与期待中


看吧

磨镰的仪式虽横亘了千年

老农依旧演绎得淋漓尽致

这一刻的肃穆源于他的再生

他把一碗烈酒举过头顶

然后一饮而尽

豪情万丈

大步流星地走向广袤的麦地

颐指气使的人不见了

池塘边却多了一群垂钓者

他们知道

只有些许麦子能进到老农的嘴里

大部分将跑进他们的肚肠

他们反刍着甘甜

老农的嘴里

一半是麦香

一半是苦涩

## 风筝

高，再高
你呼唤着风把自己举入云端
风顺着丝线开始升腾
你深深舒了一口气
终于摆脱了那双老眼

你引吭高歌
几乎和云朵比肩
多少人都在行注目礼
他们沿丝线攀爬着
却不能企及你的高度

老者平静地坐着

习惯用长满老茧的手

敏锐地捕捉你的心事

他牢牢把着丝线

他知道风太具诱惑

一旦松手

你就真正失去了自由

# 紫砂壶

我本在地下沉睡
一位老者突然把我唤醒
他施我雨露
问我愿意长出什么模样
我思忖良久
然后在他的手指间
开始娓娓诉说

我感谢老者
他用思想成就了我
让我脱离了粗俗
于是，我迫不及待想进入高雅的殿堂
据说那里有耀眼的位置
还会引来美人的光顾
那种感觉应该很好
但，老者轻蔑
不经商议
他就把我投进炽热的火炉

出来后我无语
但老者通身打量，咂嘴说可以了
问我愿不愿意去神往的地方
此时，我却因空虚而恐慌
没有思索
央求老者用豆腐、甘糖将我净身
我想早一天拥抱茶的清香

如今虽安于一隅
但有人说我光滑如缎
还有人说我古朴平实
其实我不愿影响的，却是茶的平静
因为，我就是一把紫砂壶

# 平台人生

为了前世不经意间的回眸

或擦肩而过的轻松承诺

就这么苦苦相守吗

雨中归途

有人没带雨伞

路边目光黯淡

我们还是匆匆而过

孤帆渐远

迟到的人仍在极目远眺

孱弱的呼唤如昏暗的塔灯

船上的我们都在自我安慰

真的对不起，我们确实没有听到


静坐窗前

阳光下人们笑得灿烂

行人步履匆忙

虽没有言语

但心向往之


蝴蝶落在指尖上

都在追逐着自己的坐标
一角的我又何尝不是如此

我哂笑
匆忙之间，很多人又会结下
不堪的明天
那时的亲切大多来得难以承受
但真到下雨和离岸的一刻
昔日还是重现

其实，你我都是平台的角色
纵使耳熟能详
抑或，从未谋面
携手才有精彩的一幕
届时，即便一把雨伞、一艘小船
人生仍感温暖

感动一个城市

# 被时间凌迟

春捧出花朵

在你忘情中偷偷勾去了时间

夏就直率些

干脆让你在蝉噪里

把一天天主动地交出

秋狡黠

他把收获酿成一壶老酒，昼夜陪你

醒来时，阳光已投降了厚厚的落叶

冬比较残忍

他近乎明抢了

不仅把白天砍去半截

还把屋里塞满了黑夜

苦难的人哪，这还没完

一场暴风雪后

他们又会轮番前来

# 半部生活

这是一条冰凉的路

行人如织

我一个人在单独行走

偏僻小店里买的诗集

覆上了一层厚厚的尘土

偶有风侧身进来

散乱吹一阵又匆匆而去

阳光与我无关

没谁会在意它每天来，又每天去

车辆都板着面孔

我常以抓阄的方式猜测

哪一辆有缘捎我回家

但我最终选择留下

以后的日子，开始扯着月色游荡

又踏着蛙鸣而归

池中莲花羞涩

我无心窥探

因为，这也与我无关

思忖再三

还是加入了人群

孤独与孤独相聚，我可以苟且地笑一笑了

身心俱不能自主

索性就让生活做自己的上司

可它建议我先把思想之闸关闭

然后还要把诗集丢弃

说每天随风奔跑即可

感谢上帝啊

奔跑的路上，您终于赋予了我

领导生活的权力

时机不早也不晚

恰逢思想还在

诗集也在


如果问以后

行囊里会装一支竹笛、一本诗集

朝着层峦叠嶂的方向

我会尽量把夕阳吹奏得更舒缓一些

# 随感

## 一

雾霾紧锁大地
却撇下一叶湛蓝的天空
我不再低头走路
而要把头颅高高昂起

## 二

舞尽宋朝繁华
谢幕却无一杯热茶
不过没有关系
我的心已经生活在远古
现实只是偶尔的小憩

感动一个城市

# 生活的碎片

## 问路

他有意指向背驰的方向
我索性就留背影给他
纵使不可能再次相见
但我们都会将此事摁进今后的日子

## 觅食

十个马瓞瓜九个都是苦的
唯一甜的还残留着酸涩
苦把日子催熟了
但甜才是开启岁月的钥匙

## 粘知了

粘住的回到了现实

蝴蝶落在指尖上

逃走的飞回了从前
我粘知了，知了也在粘我
它用的是聚集了全部时间的生命
我用的是生命细小的零碎
所以，它的行为是赌博
我的举动是玩耍

# 一个人的旅行

如洗的天空

映着我苍健的翅膀

我陶醉着一个人的旅行

时而飞越田野

时而掠过村庄

大地啊，你总习惯揽我入怀

而此次

我终得以用自己的思想与您对话

日头羞于昨天的狂热

透过残缺的窗棂

把鲜艳的桃花捧给了大海

我心坦然

那属于另一个世界

晨风中

信步寻找第一餐的地点

野花在此开了千年

它们以温顺和坚韧

分享着自在的寂寞

我不是第一个访客
他们却好奇得舞蹈
叼食着酸涩的果实还能够微笑
确已不多了


暮霭中
我平静地寻找栖身的枝丫
一缕炊烟
唤回久违的温暖
村庄啊，你总习惯吵醒我的梦
而此次
我已把自己的心灵彻底漂白

# 人生旅途

跑跑停停

高铁如撒欢的孩童

它们每天都能享受到异样的风情

可人群来了走，走了来

留给世界的，却是同一副面孔

进出的，嫌脚步笨拙

借用飞奔的车轮拉近着终点

坐着的，嫌视线短浅

借用意念已经在与远方会面

只有睡着的，稍得安闲

但在梦里仍惦记着准点醒来

如今啊，我们都变成了自己可恶的敌人

硬是把自己撽成生命的赌徒

万事万物，我们想一网打尽

只是苦了另一个自己

他们紧锁眉头，正跟在不远的身后

整日忙着清扫沿途的苦难

好让你返乡时

少一些烦恼与遗憾

# 感谢往事

大家各自晒出往事

互通着有无

美的，丑的，甚至龌龊的

男的，女的，甚至男女的

——都不再掩饰

此刻，觥筹交错已不重要

它不过是友情的另一种伴奏

虽身处同一座城市

却被形形色色的街道分割着

你我的相见常常带有偶然

有时擦肩

抬起的手臂都来不及舒展

大家都懒于出题

所以，也没有下一个计划


现在的变得陌生

未来的又不可期

还是感谢往事吧

尽管琐屑
但始终灼热不减
如不是就着这些
今晚酒与白水又有何异

但我还是有一个不变的失落
你没来
再好的佳肴没有了味道
再美的酒也失去了光泽

# 重新起航

局促戳透我筑起的堤坝

汹涌的巨浪翻滚而去

恐惧拽着您后退

您不敢以另一个汹涌相迎

担心如此的豪迈

对彼此是一种伤害

但您冷漠得有些虚伪了

我欢腾的心跳稍稍有些失落


鲜花遍野

海风亲吻得近乎狂野

这些粗俗的举止

激起我傲慢的嫉妒

其实，在悄无人处

我也想屈下笔直的身子

然而每一朵鲜花

似乎都开着您锐利的眼睛

身心被您透视着

细微到一丝暗自兴奋的神经

掩饰被剥光了衣服

自觉的袒露反倒成为一种真诚

谢谢您

不仅唤回我这位流浪的孤儿

而且还送给我一支船桨

于是，我就用背影站成高耸的桅杆

我是谁

# 我的小学

坚守在那里

衣衫已经褴褛

我走进您

您刀刻的坚毅里露出一丝局促

然后伸出长满老茧的双手笑迎

孩子，你回来了

我哑然您的苍老

酝酿已久的喜悦突然间消散


梦里还是依偎着您

您把微笑和阳光送给我

一如儿时

久未谋面

我仍贪婪地吮吸着您的乳汁

您揽我入怀

始终微笑如花

我耻笑自己来此的目的

光鲜得何等苍白


我是谁

喧嚣逐年褪去

您夜夜孤守残灯

回味着我们远走他乡的荣耀

然您一纸问候都不曾收到

偶有路过

也是高昂着头颅

让您情绪难掩

是欣喜还是卑微

没人能够读懂

# 母校（外一首）

翻书声正滴在宁静中
有一颗清脆得过度
我怕惊扰了校园
忙伸双手接住

那个座位
换了一张似曾相识的面孔
另一个座位
还是一位女生
但我看到的
依旧是一帧背影

我是谁

# 山区夜游

空气从泉洞里流出

大山睡得安稳

村子刚抿成一束惺忪的缝

偶有几声犬吠

那是告诫好事者

别过早带来山外的黎明

# 儿时三朋友

## 黄土

每天，你与父亲共享一包烟

日子过得还算舒服

当然，这是在被识破之前

之后你就常常挨打

父亲以学习的名义

但我想，还因为你攫取了他的香烟

从此上学的路上，都是你踩出的忧伤

我无奈，只有陪伴沉默

你早早离开了人世

我是谁

走时像一片落叶
谁会记着一片叶子
但你打的那眼井
还在汩汩流淌

## 新生

一旦要把玩耍作为追求
你就开始陪着玩耍到处流浪
但离开教室时，你说还会回来
于是，你的座位就一直空着
学校扒掉的时候你也没回
再见你已是几十年后
几十年了，你还在流浪
问你的时候
你又是笑笑

## 土豆

父亲要你上学
他的病却催着你回来
回来了就没再回去，直到现在

你急于把往事归零

归了零就能微笑了

但不能相信

你的孩子又在零点上

重复着你的故事

你不够严谨

否则

归零的故事为何还能发芽

# 同学

没有血脉相通

因而少了例行的承诺

无意间触动了琴弦

我便打开日渐泛黄的乐谱

或与人共享

或独自品味

时而微笑

时而自嘲

我又一次陶醉了


旅途中

心灵提前标注好坐标

只为在一杯小酒中

湿润风干的友谊

待到时钟提醒

我们已是醉眼惺忪

你帮我拎着行李

直到背影彼此消失

谁也没有递上再次的相约
我们都知道
其实这样更好

起初我们就是路人
偶然间走在了一起
谁都不愿把火烧得太旺
保持着这样的温度
也许刚好

我是谁

# 我的三位老师

## 崔老师

喧嚣散尽
校园沉寂得吓人
您把一顿饭的时间延长后
我才敢早来晚归
一天，您给我讲了外面的故事
从此，我的心就野了

## 郝老师

双眼被麦芒刺出了血丝
双手被犁耙磨成了茧子
您深谙土地耕耘的悉心
庄稼收割的时辰
一茬一茬的收成
全部给了学生

蝴蝶落在指尖上

# 宋老师

您不曾有一点仁慈
一道又一道题被您打得跪地求饶
乖乖地交出所有秘密
每每看着被您扒光的题目裸露出私处
我禁不住同情
所以，当您把一本解题集送给我时
我有些忐忑

# 初中的灯

先是五花八门的油灯

后都罩上一圈纸筒

油灯摇身又成了多彩的灯笼

再后来，谁在灯罩上烤起了大蒜

书香渐渐败退

整个教室都在流着口水

老师来回徜徉

又像指挥着我们划桨

灯笼照着水面

宁静划出了两行碎波

月光趴在窗台上偷看

等待人走后她好进来

被老师看到了，他停止了踱步

向我们招招手说：放学吧

灯熄了

月光充盈着整个教室

# 生日快乐

"生日快乐！"
所有的祝福此时开闸
奔腾不息，漫山遍野
一股脑淹没了你的惆怅、疲劳、寒冷、彷徨
爸妈，请把闸门关小些
或者送给我一只小船
否则，我真的驾驭不了
你笑得非常透彻
看不出一丝阴霾的侵染

是啊
我们的语言笨拙得像两只企鹅
祝福也只有单调摇摆的姿势
但你很享用
你恣意妄行
还与我们划拳喝酒
我们却不忍你同时过着
野蛮与淑女两重生活

我是谁

孩子，我们也爱得清澈
一如你儿时蜷曲在我们臂弯里的微笑
其实，言语已经多余
也许只有目光就够了


不是吗，亲爱的孩子

# 致部分员工

以为已身居山峰

而脚下的同伴

还在吃力地攀登

一溜扭动的躯体和着呻吟

你们频频接耳揶揄

大海的风吹落了夕阳

给远山留下一抹血红

你们会心地笑了

陶醉着眼前一叶的风景


夜微凉

那是秋风敲打着长梦


我是谁

山鹰驱离了薄雾

你们仰起头

高处的松柏正擂起发聩的鼓声

执着的员工正立在高高的山顶

东海翻滚

他们见证着一轮红日

喷薄而出……

# 同事的眼泪

你眼眶红润

两滴泪刚探出门帘又被拽回

我佯装顾盼他处

让你镇定补妆

你大意了

密封的心灵露出一角

但你全然不知

透过它我窥探到你苦海无际

奔涌咆哮着

愤怒呼喊着我的名字


这些天

我是谁

世界被雾霾塞满

也好，我们正不想看清彼此的面孔

把心灵变成炮弹

一股脑甩向对方的阵地

我们心知肚明

其实每一发都在远离着靶点

这哪里是什么战斗

更像一场轰轰烈烈的倾诉


天终于露出坦率的蓝

我们偃旗息鼓

又完整无缺地站在对方面前

炮声已经远去

我们的脸上

都绽放出温暖和珍重

# 我们认识吗

我把自己走失了
厮守的同事变成了一张张陌生的面孔
脸上堆出的笑
看起来就是一种礼貌
你们从哪里来
又到哪里去
能否停一停告诉我
你们不语，都笑了

我们牵过手吗
相视的目光怎么总不对焦
你们的话酒味太浓

我是谁

听着听着我就醉了

这让我很苦恼

你们不语，还是在笑


我隐隐看到你们各自的领地密织着围栏

他人不能涉足

有时你们称我朋友

我笑得灿烂

但昨夜你们是否流过泪

其实我也不曾在意过


我把自己走失了

不知因为何事

也记不起何时

我焦虑恐惧

苦等回家的日子

# 徐玉玉走了

九千九百元
三里屯的酒绿灯红
大佬们日常的一根雪茄或者
半杯洋酒
可能这还远远不够
却值一条花季的生命

走出教室
徐玉玉的世界里洒满了暖阳
所以当时她是微笑的
尽管城市的某处，父亲还在卖力修筑着
不属于自家的风景
她无邪得近乎无知
竟捧着心脏拥抱冰冷的世界
何曾想过
黑洞洞的猎枪无处不在
可怜的是
离开的那刻她仍不相信

我是谁

电话里也会有子弹在飞

不知道也罢
起码还留给你误判的希望
此刻，杀你的人正自我陶醉呢
他蜷曲在黑暗里
再一次用无耻
贪婪舔舐着干瘪的生命
可以告慰你的是
上帝的圣旨已到
不几天他老人家就亲自召见凶犯
向他授予耻辱柱的永久居住权


（注：写完此诗不久，徐玉玉受骗案的嫌犯已被缉拿归案）

# 大楼的门卫

第一道门卫
是一对怒目圆睁的石狮子
第二道门卫才是谦恭的你
你与石狮子
为大楼站成了不对称的美
工作上，你与石狮子有着同样的使命
只不过，石狮是固定工
你领的是临时性薪水
每天，你把自己站立成一颗钉子
动作纯粹得一尘不染
只有敬礼时
才宣示自己并非一尊雕塑

一天，母亲突然来看你

你破例没有敬礼

还窘迫地告诉她

自己在 21 楼办公

今天是临时帮朋友执勤

母亲打量一圈宏伟的大厅

幸福地走了


远远地看到

你背过身拭去脸上的汗水

# 投食者

一旦形成了习惯

就变成了另一种形式的承诺

流浪狗把你已定义为主人

每天准时定点相约

你并非掏一把简单的爱心

也是为一份古朴的牵挂找到了载体

狗也不是单纯的饥饿

流浪了几年

重拾被需要的感觉

这已不是什么施舍

兴许是彼此都在寻觅的慰藉

狗可能理解得更深

每次它都恳求着跟你回家
你挥手制止说
"每天见面已可
确实没有朝夕相处的必要"

很久不见你们了
不知是一方生病还是另一方远走
原地空旷
一直为你们留着

# 生意人

## 卖豆沫的

爷爷走了

父亲走了

你又来了

四季交替得散漫

常有晚来早去，人们已习以为常

暴风雪看不惯，来得较为猛烈

但祖传与季节无关，也与暴风雪无关

桥头一角

豆沫的香味在时间里飘着

油条、胡辣汤入住了包厢

而豆沫还在露天里坚守

人们说，这也是祖传

## 卖豆腐脑的

每天如约而至
老太太像给自家人盛饭
干净、量足、咸甜可口
卖不动的时候也没让儿孙接替
说手艺不精，浪费了客人的钱财
当年那个摊位
已被别人占去

## 卖凉皮的

面皮柔软
是头晚和的面，起早新鲜做的
辣椒寄自湖南，花椒寄自四川
年轻媳妇笑得灿烂
当初的一碗凉皮
一下香了二十余年

# 拉车的老人

楼下路口

有几辆三轮车依次排开

几位老人以拉车为生

时常还有孙辈随行

老人蹲在一旁抽烟

孩辈自己与自己玩耍

偶有乘车人招呼

老人急忙扔掉烟头

"坐稳，走喽！"

脸上的微笑

灿烂得不成样子


雨天生意很好

乘车人一个接着一个

"不是三块吗？ 咋又涨了？"

"雨天！"

老人像个被人捉住的扒手

眼里涌满了乞求

身后的孙辈端坐着

神情落寞

他看到爷爷的背正流着咸咸的泪


孩子，请不要多想

其实大家都是拉车人

只有上帝

才是唯一的乘客

# 散步的老人

或左右或前后
分不清谁牵着谁了
一步路要分解成几个步骤
怕一下子走完了
明天就没路可走了
路边，一朵花开得孤独
夕阳里任风摆布
婆婆说，开得真好，明早再好好看看
伯伯望了望花，又看了看婆婆
远天血红一片
大山正吞噬着夕阳
他担心的黑夜又照例来了

我远远跟在老人后面
不忍匆匆超越
怕走得太快了老人伤感

# 老人，您走慢点

年轻时看您

就像现在的我

现在看您

我看到了未来的我

不知道是爱您还是爱自己

我与您愈发亲近

可我又常常苦恼，这些

您未必知道

您一年一年地领着我奔跑

我想歇歇了

不是怕累

而是怕看到隐隐约约的终点

可怜您

也是可怜我自己


还是随手做一些事情吧

譬如给您盛饭

譬如给您倒酒

我还要学着下棋
这样就可以让您多停一停了
免得树叶黄的时候您总是
少言寡语

您常看着我，也看着您一圈的粉丝
我知道，要说的话实在太多
此刻您只能选择无声的语言
诉说着关切
车要是过河了
帅谁来守候呀

我是谁

## 我是谁

你问

他问

最后佛也问我

我，男，四十余岁，豫东人士……

你们皱眉

佛微微摇头

我，请过客送过礼，做过科长和处长

也曾想过在黑夜里向别人

射去子弹……

你们转身离去

佛微微笑着

我的佛呀

您不需要扒光我的衣服

其实您什么都已经看透

我是谁

我是好人中的坏人

我是坏人中的好人

我坏得有些肤浅

我好得不够厚重

我常常为自己的坏找出一万个理由

那是为了佐证

我心中还藏着佛性

佛呀，请先不要逼我

旅途还没到终点

我是谁

实在说不清楚


佛会心地笑了

他笑得让我放松

他笑得让我透明


我是谁

# 佛说

一坐就是千年

人世间的沧桑

全在微微一笑间

善为根

其实，你们来不来我都坐在这里

不论天涯还是海角

你们来与不来

我都在你们心里

有的草木开花

有的草木结果

四季就是生命的轮回

别为难我

佛也无法给予你们全部的春天


烈日里春风浩荡

白雪皑皑中百花竞艳

一个个心愿我都记下

你们离开时

我还会一直目送远方

请记好

幡悟即灵验

佛的爱

就是流淌的时间

这些，许愿时你们也许已经知道

我一边低头期许

一边遮掩着羞愧

佛呀

您就再原谅一次我心里的魔鬼吧

我是谁

# 望江犬

主人撇下你远走他乡

要么是匆忙，要么是无奈

却给你留下了满身的孤独和

一江的惆怅

你蹲在江边的高处

认真辨认着来往的船只

渴望能有一个亲切的身影，突然出现

你已守候了几个冬季

如今春天又来，野花又在跳跃着绽放

此时，正是你随主人出访山林的季节

这些，主人应该记得


我们的语言不通

无法知悉你家主人的姓名

否则，我们会群发微信

人肉出你家主人的住址

然后，把你所有的孤独都打包寄去

蝴蝶落在指尖上

我们不敢假扮主人接你
如果那样，短暂的兴奋后
会把你推进更深的孤独
只是你如此江边独守
何时才是尽头

不如跟我们走吧
可你仍旧紧盯江面
一动不动

我是谁

# 小黑

你被日子选中

就一直守护着它的全部

我想你，变得没有确切的日期

今天清晨散步，小草背负着远道的风

你又乘着风浪而至

你不知道阳光柔得多么不易

你不知道小草绿得多么不易

你不知道我能这样散步又是多么不易

你常常不约而至，我无奈

不再是围在我左右了，而是远远地蹲着

这种姿势，似乎很早就成了时间里的雕塑

但这一次，你尾巴上多出一串明晃的东西

我走近辨认

是你在黑暗里复原的一些事情

譬如陪我上学放学，陪我游玩割草

——我还记得

可我笑的时候你仅摇着尾巴

我哭的时候你也只是静静地卧着

所以，我始终以为哭笑就是我一个人的事

现在看来并非如此

两条大狗撕咬你

我急着帮你去撕咬他们

可头颅被狗主人先撕开了口子

狗主人与狗一样强大

我们只能悲愤相怜

两行不一样的血都流着同样的颜色

这已大大超越流血的意义

那个时代，万物竞相贫乏

唯独饥饿丰富

但你不该偷食邻家的鸡仔

我恶狠狠地打你

也是在恶狠狠地提醒自己

自此，你与我疏远了一层纸的距离

你开始早出晚归觅食

时间变得无趣

你掩藏着生与死的过程，只把最终结果

怒放在春风里、草垛旁

嗷嗷待哺的一群小狗紧紧依偎着

一具僵硬的尸体

寒气袭人，此时的阳光是何等虚伪

我是谁

阳台上有盆花

# 高铁站旁有一个公园

是繁忙身上的补丁
也是繁忙身上的花朵
不必纠结
爱与不爱
就隔着一条马路

自从谁把高铁站修成了宫殿
行人就开始悲悯起现实
从这里出发的人们
或急着驶向先秦
或急着奔向唐朝
去汉、元、明的也不少

但喇叭里反复提示着
春秋战国、五代十国还有大量余票


秋意阑珊
清晨还在迁就着夏季的贪婪
不过，蝉已被撵回了远古
公园里开始安静得透明
我的到来
不过是投向湖心的一枚小小石子


那边高声呼唤着
这边安逸得有些超标
我孤零零坐在公园里
扎眼得不合时宜
不过，请你们原谅
我暂时还没买到热线的车票

# 公园的早晨

几棵大树拦住了阳光

三五块草坪在羞涩地偷睡

剪草机轰鸣而至

小鸟立在树尖

惊恐地俯瞰着草地


剪草工开始忙碌

我也开始轻松地散步

草坪睡眼惺忪

她才不管这些


我是过客

阳台上有盆花

小鸟是过客

剪草工也是过客

最终，草地可能也会离开

只有高楼在竭尽所能

要把自己矗立成虚伪的永恒

偏安一隅也是短暂的

剪草工、小鸟、草地和我

珍惜着能在同一个时空里

如此静好

# 清晨醒来

清晨醒来
一摞心事堆满了床头
闹钟嘀嗒嘀嗒地催着
日子不能自主
索性就做时间的奴仆
它交给我一支笔、一张纸
让我好好记录
只有叹息还是我的
但也使用得过度了，它已经破旧
此刻，多么希望能有一缕阳光
拉开窗帘
又是铅一样昏沉的天空

阳台上有盆花

窗台上的花毫无表情

她天天抗议着我的疏忽

我腻烦了她的慵倦

与其不能相悦

还是另找一位让她快乐的主人

如此的想法已久

但彼此习惯了无言的迁就

这个世界在变本加厉地索取

不知到何时才能付清它所有的债务

妻子挥洒的早餐味道

已溢满屋子

她在以安静的方式轻轻唤我

# 初春

暂且冷热各半，春与冬达成了妥协

风不再刺痛，而是痒得有些酸胀

此时，走动好像是最好的方式

小草刚推开父辈的铺盖

探出谦虚的鹅黄

个别泼辣的野花在风中摇曳

喜鹊已经苦守了一冬

现在正飞来飞去地忙碌着

在树林正式着装以前

它们要精选一处做窝的位置

有一些把窝搭在了随手可及之处

如此高估着人类的友善

我们倒不好意思私存杂念了

如果走累了，你可以躺在椅子里

闭目听听风的耳语

关于整个季节的安排

她会娓娓道来

阳台上有盆花

# 春雨

像女儿一样任性
密密匝匝
说下你就下了
喧嚣在慢慢地褪色
暮霭中的高楼静静伫立
是在听你撒娇吗
是的
这一刻，他敛起一脸的严肃
尽显体贴温柔
嫩叶们暗自欢喜
私语着如何妆饰
相约明天
一展清新靓丽的容颜

此时
雨伞是多余的
你可任凭纤纤细手轻抚你
那是一种亲情和温暖

细听

是谁正在拨弄琴弦

缠绵了整个小巷

又是谁在朗诵诗文

引出淡淡哀愁

春雨啊

你总是让人百转柔肠

你包容得实在太多了

连生气也不忘以轻柔的方式

你率直得这样透明

善良得如此可人

# 阳台上有盆花

晨阳低照

紫花碎叶在迎风摇曳

她自由自在

把阳台当作了全部的世界

空气如山泉流进肺腑

我的心已经空了

如小小一片鸿毛飘浮

我惬意地端详着，花

在开始一天的装扮


有时，一朵花或一叶草

会轻轻触碰一下我们的心脏

他们卑微得可以不计

却是绵延在时空里的管道

我们都庆幸

上苍恩赐的宁静

正是通过他们

仍在源源不断地流淌

# 树林的诱惑

楼下的小树林有几株桃树

桃花绽放的时候

整个树林都在发情

树叶泛着绿光

争相翩翩起舞

我浑身随之躁动

也想加入其中

此时，却招致一片愤怒的眼睛

"不准攫取我们的激情"

我干瘪着身躯

缓缓又坐回原处


桃花开了谢，谢了开

我一遍遍翻阅着泛黄的青春

其实大多已经破损

但我还是戴上老花镜

一页一页认真修复

## 桃花谢了

计划好的
一次次没来
再来时，枝头已不在
芳草间残瓣纷飞
我有些失落
舒展的绿叶却说
来年吧
无奈，我又在计划着

儿时
光阴一眼望不到尽头
大了

光阴常被随处乱丢

如今呀

光阴被四季驱赶着

我的计划开始变得有些疏漏


我怪罪绿叶

你一直在麻痹着我的视线

日子被你偷偷缩短了两季

你走后不久

大地又突然一片洁白

待我彻底清醒

原来又是一圈年轮

阳台上有盆花

## 春与秋的对话

春天说，她是捧着花朵，从锃亮的冰刀刃上
小心翼翼走过来的
繁星没有下来搀扶她
她是从长夜和冰冷里
怀揣着孤独走过来的
人们爱她
不仅仅因为花朵和春风十里
可能还有浸染了一路的血和汗

秋天说，他担着收获
是从熊熊火焰里一路奔跑过来的
没有一片云彩给过他帮助

他是从混沌的蝉噪和苦涩的盐水里

摸着石头走过来的

人们爱他

不单单因为凉爽和天高云淡

一定还有一筐筐果实


人生的方式有多种选项

但春夏秋冬的轮回，无论你喜欢与否

都必须——走过


春与秋的对话还在绵延……

# 夏季

春与秋占尽华丽的词句

即便寒冬，也不乏溢美之词

对于你，人们总是退避三舍

因为除了炎热，你似乎乏善可陈

蝉噪阵阵，把时间一步步推向沉寂深处

整个季节，万千事物竟成了冗余的陈设

但，你却是从春到秋的必需

没有你，鲜花的梦走不到遥远的秋季

徒留感叹挂在枝蔓

风雨中絮叨着羸弱的往事

没有你，满目的苍翠都是矫情

不会有人愿为花蕾押上黎明

真待枯叶扯下残剩的时间
又是一个轮回的虚度
如此说来，你是身不由己
或是拥有着另一番格局
倾尽所能
执着中把自己淘空
原来是为了一份无我的虔诚

绿意褪尽
你把全部的爱浓缩在了枝头
当秋天的歌声高昂起头颅
你已轻轻远去
走时，依旧没有任何的文字

## 208 秋天的早晨

淡蓝的天空升过了头

高远得连自己都感觉孤独

一群鸽子掠过

夜被撕开一条透亮的口子

天穹弯下腰

橘红的嘴唇吻醒了大地

遥远的东方

天地仍然在难分难舍


城市还赖在床上

几位老者已在翩翩起舞

抑扬顿挫中


蝴蝶落在指尖上

一笔一画推拿着
水一样的天空


我从春夏游来
鲜花谢了
视力开始生长
蝉飞去了

耳洞被打扫得一尘不染
秋天的早晨
我在空气里自由自在地游着

# 秋天的下午

大地还在午睡

慵倦得不能按时清醒

太阳有些偏黄

好像只睁开了一只眼睛

玉米秆集体分娩后

又相约着一同枯萎

但它们不甘就此离去

以共同倒下的悲壮把阵地交给了麦苗

于是，大地开始用一种婉约的方式

孕育着新的希望

莫名的树在报复着春天的疏忽

硬是在秋风里把花怒放得刺眼

杨树叶并不打算延迟退休

部分已纷纷提前离岗

而且，还催促着秋季要准点交班

可有的欢呼

有的抱怨

整个秋天，似乎有些凌乱

# 秋凉

悄然而至
让人有些错愕
迁就于夏天的贪婪
秋凉只在夜的指尖上
轻轻滑落
蝉渐渐飞远了
夜轻抚着水中的明月

果壳长满了皱纹
种子正在完成庄严的轮回
你呢，是一个不能疲倦的行者
一程一程

阳台上有盆花

行囊里却还是空空如许

天变得很远很蓝

一行大雁急叫着远去

秋凉彻底攻占了白天的地盘

风变得率直

一记记轻轻抽着你的神经

你开始焦躁

这一年

剩下的恐又是一片洁白

# 中秋月圆

我们相距遥远

绵延古今，歌唱您的人多如牛毛

其中不乏繁星朵朵

我，连一个卑微的名分都没有

对于您，我的爱不过是千万个之一

于他们近乎滥竽充数

但，这却是我分子的全部

我在人间，每一天都为您圆着

而您在天上

一年才这么一次

我把 364 天都安排成配角了

年年等着您这一天的出场

阳台上有盆花

昨晚路过桂花树

她传来您留下的一缕暗香

我兴奋您曾经来过人间

虽无缘谋面，却已胜过千年


今后的此刻

我会沐浴焚香，然后舀一泉清水等您

您会从天空袅娜而至

届时，我终能与您同框相视了

214

# 十月纷纷

绿拐了个弯，背影已渐远

枯叶打着旋子

以最后一支舞蹈与阳光诀别

栾树秋色，灯笼满枝

她不准备让别人填充时间的空白

但九月以来，桂花就放慢了脚步

八月十五，她让月亮到人间空走了一遭

人们的期待绷得生疼

然后，她在某一夜突然绽放

淡淡清香吵醒了十里长街

想铺满十月还故作羞涩

把芬芳之源谦虚成了一个个米粒

阳台上有盆花

十月，从伊始
就被半路杀出者争夺
有豪放的
有内敛的
万里鲜花芬芳尽
如今都心甘情愿地退居为观众
尽管如此，我仍选择了弃权
因为一枚小小的心愿
已在田野里开始播种

# 林中池

丛林环抱

每一株都安于自己的位置

常有狂风骤至

树林每每以整齐的姿势守护着领地

时间在挥毫泼墨

每一株都自豪着自己的颜色

阳光忘情了

久久吻着池水

这一刻，树林悉心哄着鸟群

天地携手，一同走进了静谧

多好啊，每一棵树说

多好啊，每一条鱼说

阳台上有盆花

可云彩远远跑过来搅局

他的妒意路人皆知

所以，阳光索性暂隐君子之身

池水意犹未尽

但对搅局者了无心情

她沉下脸

双手推挡着云彩伸来的嘴唇

# 与秋天慢慢道别

时间由浅入深

当浪漫与激情褪去

你以朴实的金黄把季节推向高潮

天地变得辽阔

此刻，时间把所有的希望都押给了你

无论先前的薄厚如何

你都坦然接受

一滴松懈的理由都不留

冬季步步进逼

你在苍茫席卷之前完成了试卷

春天花朵的，夏天雨露的

你都一筐一筐地分好

阳台上有盆花

绿色还浓的时候

你只顾得劳作了

不承想道别的一刻被催促得如此之快

时间在一夜之间变黄了

是该道别的时候了

但我不想让你挥挥手就走

我要一片叶子一片叶子地与你道别

我要把你护卫于理想的脉络一一读透

我要把你忠诚于嘱托的坚持一一读透

我还要请求你把担当、执着乃至于

淡定全部留给我

我并非贪婪

我要就着它们,挨过一段漫长的日子

蝴蝶落在指尖上

# 收购秋天的分红

天高远得终于像天了

天湛蓝得终于像天了

空气被洗衣机刚刚洗过

但甩得还不是太干

这个季节仿佛是为一个人来的

没有翅膀有什么关系

鸟儿可以替我自由地飞翔

天地多辽阔

山河把大地笑成

一道又一道小小的皱褶

我的视线开始膨胀

它想统治全部的原野

阳台上有盆花

树叶，从下至上

渐次飘落

最终，树冠都被理得锃亮

鸟儿没有嘲笑

时间蹲在一旁沉默

整个世界都安静下来

叶子离去时，树枝开始酝酿着

把白雪变成更绿的颜色


这个季节应该也是你的

宅在屋就意味着放弃了对它的股权

我拴不住贪婪

它不会偷去你们的表决权

但会沿街收购你们的分红

# 准备好了吗

温度是一寸一寸矮的

树叶也是一片一片落的

玉米大豆陆续退场后

麦种还被土壤贴身捂着

原野空旷得寂寞

久候着下一批报名上岗

太阳趁空偷懒

每天就那么胡乱地照着

一切都在放慢节奏为冬天暖场

但你可不要麻痹

世人正被秋季缓缓拖行

无论你意愿如何

中途都无法下车

眼睁睁看着一车人滑向寒冬

# 秋天在道别

稍有点耐心

因为道别的仪式有些冗长

花朵早已退下了

但被春天遗忘的，还在滋扰着秋天的秩序

小草将半截身子缩回土壤

另一半却不甘寄人篱下

秋风里还在寻觅着阳光

树林仿佛世故老人

他们只用一片接一片的落叶，不屑地

度量着季节的脚步

这还不够

秋雨也来赶场

它们把世界剐得遍体鳞伤，但世界

却无可奈何

乌云负担过重，在这个季节的末尾处

索性坠过树木的头顶

一切都正踏进归途

麻雀也飞去了晴朗的时空

蝴蝶落在指尖上

大地仅剩下了孤独

正被狂风一遍又一遍嘲弄

世界濒于窒息

可谁偏在屋檐的一角

用一支烟淹没了湿漉漉的傍晚

冬季愈发清晰

但我了无盛邀之意

而是在暮霭中

深情目送另一个季节的远离

阳台上有盆花

# 冬季

秋天走得匆忙

把几颗柿子遗忘在枝头

它们把自己红成灯笼

替秋天照看着寂寥的天空

预报气温骤降，局部小雪

我等候着季节交接的一刻

柿子、雪花各自作为秋冬的代表

它们该如何礼节性地拥抱

届时，我要走上前去

央求柿子把遗憾捎给秋天

她如此丰腴地走了

而我还是贫瘠如初

我也曾开出娇艳的花朵

却最终一无所获

我同时央求雪花告诉冬天

除了些许的浪漫

能否预支一部分春天

我已被秋天忽视

打算提前酝酿下一个希望

所以，冬天请你不要走入了极端

果真变成夏天的背面

人们同样会退避三舍

万千事物，依旧会是冗余的陈设

阳台上有盆花

## <sup>228</sup> 寒风突起

林立的高楼不该挡着去路

给了寒风愤怒的理由

这风是如此熟悉，并不像来自北极

似就长眠在地下，突然间睁开了眼睛

我一直在夜里整理着过去的日子，尤其是

一些美好的事情

如今，日子散落一地

春天的花朵，夏天的绿色，秋天的斑斓

已远走他乡

寒风这样肆虐

不知来年它们是否还会回来

最可怜的是这柔弱的夜，她无处可去

被风一件件扒光衣服

路灯闭起眼睛

好让她寻一角安身之处

我不忍多看，索性拉上了窗帘

此时，空调偷偷送来暖风

我苟且睡去

只是明天的清晨

太阳会无力

她肯定被这风吹老了十岁

阳台上有盆花

# 春夏秋冬

## 一

百花不再羞涩

贪婪吮吸着日光、月光还有目光

个个丰姿绰约

你无视季节在开始变瘦

最后，花朵一个个溜了

只有夕阳

轻抚着你血红的无奈

## 二

被宦官从宫廷上空驱离

飞越千年而至

但还是习惯于鼓噪

把整个季节吵得炽热

人们纷纷叹息

终是经受不住风霜

在秋风中沙哑着死去

## 三

带着金黄的荣耀走了

从此散落于原野

但音容已被风景定格

高枝仍有几片固执的枯叶

是自私的留恋

还是忠诚的坚守

谁知道呢

## 四

把世界装扮得安详

天地在愕然互望

但童稚撕开了宁静

雪白中露出一串脚印

静静伸向远处

歪歪扭扭

踩出春夏秋冬的剪影

阳台上有盆花

# 时间

你是孩童手里的丝线
绵延望不到尽头
一段段
被孩童用天真的笑声裁断

后来，你慢慢走近
但青年却视而不见
就这样，一段段
被恣意飞扬的烦恼掠走

再后来，依稀能看到你的面孔了
中年沉稳里浸润着寒冷
他手中的剪刀在不停地抽搐
一段段啊
又被叹息着裁去

最后，你终于走到老人跟前
但他一直挥舞着老手

恳请你再等一等
他要顺着丝线重温一遍冷暖
你说好吧
此刻，晚霞已染红了山峦
老人无奈中说了声再见

阳台上有盆花

## 你的历史

你给工作标下了注释
生活又因你而更有了味道
甚至茶，也能品出一些传说
你的人生注定是一页历史
但史学家太少，又无边沿地自傲
或无暇或不屑
自己的历史还要靠自己去写
学者笔下神圣得狰狞
可以当科幻去读了
近来又时兴了戏说
读史已经变成了雾里看花
生活被蘸着黑夜吃光了

抑或是刻意的打磨

你要写就和着泥土、蘸着油盐、就着

一杯清茶去写吧

写出你的市井小众

或家庭或亲朋会口口相传着

你诠释的一方水土

把日子当成日子吧

把事情当成事情吧

麻木者不一定清高

或许是另一种形式的软弱

# 空气及水

## 空气

一个个水泡
我拣透亮的一个钻进去
阳光被击碎成五颜六色
我赤身捧着鲜花
路人都在踯躅微笑

一阵风刺破了水泡
鲜花枯萎了
我折下来遮住羞处
众人眼里吐着火焰
我正被一刀一刀凌迟

## 水

你将我灌顶

蝴蝶落在指尖上

是来自天上、河流还是阴沟
我不能选择
一株枯苗需要的首先是呼吸
也好
我只能祈求地望着你

夜悄悄走过来
黑漆漆地罩住我
但处处都是破洞
我恰好通过它们遥望繁星

阳台上有盆花

## <sup>238</sup> 阳光

你怂恿阳光高举着匕首

要我交出内裤

我不会答应

不是我羞于裸露

也决不是你误判的下流

你喜欢披着阳光

还会拽着微风

这样的天气不错，有人给你耳语

而我在一天天消瘦

但谁在乎


黑夜习惯递来一杯咖啡


蝴蝶落在指尖上

大脑弥漫着过度的香味

我放纵亲吻着床褥

玫瑰色的体温

厮磨着我干瘪的皮肤

就这样

我慢慢又被雄起

天空还布满着灰色的梦

我却已捧着最美丽的花朵

去追逐孤单的黎明

阳台上有盆花

# 月光

月光安静地流淌

沐浴其中

凄美的故事开始重播

遥远的窗棂下

两行清泪被风涂成了一声叹息

越过荒漠

掠过树梢

不停地寻觅栖息之所

蛙鸣吵醒远处的男人

遥远的他

始终在抱着寂寞入睡


阿弥陀佛

南海漂来的一瓣玉荷

静静落在我干涸的心田

# 傍晚，大雨来临之前

太阳赶回家之前

云彩还是无际倒立的雪山

沟壑里流淌着透彻的蓝

依偎着雪山的，谦虚成了湖泊

被雪山遗忘的，成就了海洋

远方稍稍灰暗的一片

已掖着棉被入睡

我们在雪山以上翱翔

终能与鸟类分享广袤的天空了

稍后，太阳拂袖而去

冰雪突然间消失得全无

灰暗的巨石摇摇欲坠

地球正被茫茫的阴谋围堵

鸟在树冠里热议

这一晚该如何防范云彩的偷袭

我也将结束一天的旅程

既然太阳如此无情

我索性把世界全部交给夜色占有

阳台上有盆花

# 柳树

路旁，河岸，或其他随便一隅

你都能安静地生长

是你第一个抖落皑皑白雪

以一串米粒的芽蕾

给大地送来温暖的气息

但人们总是太过势利

个个争相赞美旁边的花朵

你没有怨言

仍执着地吐着新芽

直至绿荫如盖

一位老者姗姗而来

他如儿时席地而坐

你片片碎叶作响

轻轻拂去他的汗水

老人望着疾驰的轿车

又一次想起外出的儿女


绿色褪尽时

你仍举着黄叶

把留有的一丝残绿

坚强地延伸到浅冬

此后，冰冷紧紧相逼

你终于抵挡不住，才恋恋不舍地说

等来年相见吧

阳台上有盆花

# 杨树

你被安置在路旁或荒野

乐见四季的轮替

从抽芽、墨绿再到枯叶无奈地落下

安贫乐道地刻画着年轮

兴许你忘了自己的平淡

身躯笔直得让人耻笑

你几乎没有朋友

常常是同伴们手挽着手

或伫立成屋前的一堵风墙

或伫立成心中的一片希望


喜鹊喜欢踩着你的头颅

自我欣赏

偶会施舍一丝缥缈的欣喜

你从不生气

不仅张开臂膀任他栖息

还密织绿荫呵护着他的儿女

# 一片树叶

立秋了
一片片树叶照例落下
清洁工把它们从马路上驱离
或混进垃圾
或付之一炬
它们就这样消失了

两旁的树冷观
没一丝悲伤
既然送不了光和热
走就走吧
树轻松地说

阳台上有盆花

我捡起倔强的一片

阳光折射出金色

密密麻麻的血管已经干瘪

茎部的绿似乎还未褪尽

叶子说

它还可以再奉献一点

此时，冷风袭来

树木淡定

但它却被吹向无际的远处

# 野菜

春天一到
人们便会漫山遍野地找你
有的一家老少，不计辛劳
从未有过的礼遇
让你有些忐忑
同时，也惹来邻里的热嘲

应该感谢医生
在你沉睡时
他就对你进行了包装
待你睁开双眼
迎面响起热烈的掌声

但请别忘乎所以
有的菜农在悄抹眼泪
市场上他们的汗水正成为摆设
纵愿捧出全部微笑
可来者还是匆匆

阳台上有盆花

有的，甚至不屑一顾
待日之将尽
失落的身影又会倚着孤独的孩童

你们本是一样的面孔
只是聪明的人
成就了你如今的显赫
你若要感谢他们
谁又去安慰真正的菜农呢

# 迷茫的小草

躺在荒原的臂弯里

无人注目，更无人打扰

贪婪吮吸着光和雨

常常和着风跳起自在的舞蹈

但不知何时

渴望着被人供奉的生活

于是，就想着浑身缀满果实

折断腰肢

没关系

我已做了太久的梦

老农听到了

他狡黠地打量着土地

锄头蹦跳着

一道道撕裂绿色的皮肤

明年的此时

这里将长出郁郁葱葱的玉米

## 小溪流过

你微笑着在戈壁画一条绿线

从此旷野就响起了驼铃

一串一串的坚定

蚕食着黑漆的时间

但你还是有些自责，纤细的腰肢

怎么也背不起硕大的信念

不必如此，戈壁说

烈日下他能湿润一下嘴唇

这已经足够


草地森林绿得摄人心魄

你的到来已无足轻重


蝴蝶落在指尖上

可你不假思索
还是掩住透亮的俊俏轻轻走了进去
出来时，你已把一滴甘露悄悄留下
希望来日
能滋生出一丝谦虚的嫩芽

与其走不了更远
索性就把自己交给江河吧
你深知只有汇入大海
梦想才更有力量
大海已在呼唤
你的脚步
开始变得飞快

## 夕阳下的沙河

其实，夕阳不必趴在山头窥探

此刻没谁会掩饰自己

我们都扯平了身份和年龄

安静地享受放纵的乐趣

水还保留着白天的余温

似也尽享肌肤之亲

光滑如缎，让人激动难耐

干校师生搬离了

一并打包带走了书声

我们填空有限

目前，绝大部分仍处于寂静

不过，未来却不可期

因为要来的人已陆续启程

树梢扯乱了炊烟

农忙的人正三五成群地归巢

晚霞荡在水里

周围飘着一片橘红

谁不识时务突然大叫：

"几乎忘了，晚上我还要加班！"

安静碎了，如银片缓缓沉入水中

大家纷纷上岸

此时的黄昏，正散发着淡淡的青草香

阳台上有盆花

## 254 坐禅谷

一席水帘

也可以叫作瀑布

只因国师赋予了禅心

于是，来此的人就视为黄果树

也有流水潺潺

那是千年佛心的绵延

山峦因流水而宁静

至今，不曾染有半点浮尘

踏入坐禅谷

你的心就掉进了宁静里


缩小了的湖

提纯了所有的清澈

惭愧生活的浑浊

唯恐照出难言的心事

索性还是匆匆走过

凡是久留的

多半是在反省

佛祖一刀劈出面壁崖

又用无形书写一个"空"字

从此，众僧就以此为镜

坐禅谷，四季飘荡着动人的禅音

只是苦了一弥陀

他犯了何戒

面壁千年

把时间站成了一尊永恒

阳台上有盆花

## 风景

树任性地黄着，红着

但有一些，仍然坚守着固有的绿色

他们簇拥成从不曾有过的斑斓

静候着山水纵情的一刻

湖水脱去所有的衣服

蓝得不屑于任何华丽的词语

光洁透明的身体

紧紧依偎在山峦的怀里

阳光把时空打扫得干干净净

一丝云彩都不让停留

他是爱的使者

自早上醒来，一直在为山水之爱忙碌

此时，我来得有些鲁莽

成了眼前风景中的一处败笔

又像是一位猥琐的惯偷

但，请原谅我

这一刻我实在收不拢自己的视线

我想看看这湖水到底有多少柔情

我想看看这山峦到底有多么威猛

我还想听听，一条一条的沟壑里

是否流淌着天籁的回声

阳台上有盆花

# 中国画

丹青寥寥

已是隐隐山河

有一缕暗香袭来

人们肃然

那是儿时的印记

故乡的剪影

睡梦中的春风

似乎还有一把红纸伞

正走在如线一样潮湿的巷子里


丹青寥寥

融汇了一歪一斜蹒跚的想象

苦笑涌在笔端
心中的故事在随画笔神游
世间的事啊，竟如此奇妙
远远近近
虚虚实实
不敢走得太近
也不敢看得太真
小心打扰了距离
小心破坏了美妙的主题

阳台上有盆花

蝴蝶落在指尖上

# 品茶

洗茶，泡茶，斟茶
一双纤手书写着庄重
你我匆匆落座
一杯细茶本想一饮而尽
但都忍性端坐
茶师莞尔一笑
以茶香安抚着忐忑
此时，一曲天籁从她指尖冉冉升起

茶师把眼神泡进壶里
我们明白
只有茶尽才能读透

索性就以茶度时

任凭茶师导演壶中的故事

那时，你我都变成了忠实的听众


渐渐我们撤去双眸的围栏

茶香开始四溢

你我咂舌称奇

这时茶师却用微笑说道

不早了，谢谢你们的光临

# 读书

不比朋友

担心结交的太多就孤独了

其实，孤独尚可

起码留下了宝贵的人格

有的干脆把自己读进去

从此再也没有出来

生命就在啼哭与叹息之间

白与黑贪婪地勒索着

我安于做着自己

我要在下一片落叶之前

交一些心仪的伙伴

顺路的最好

免去了寻找的苦恼

可以从速度里克扣下玩味的时间


比如朋友

有些是消磨时光的

他们才不管叶子是不是要落呢

有些是让攀附炫耀的

他们才不管你是卑微还是疲劳呢

有些是威胁恐吓的

他们才不管是否耗尽你的淡定或者敬畏呢

在躁动的世界里

安宁独守一角

孤单得心酸

但她并不需要施舍

世人尽可匆匆而过

# 一粒米掉在雪白的书上

书与饭近在咫尺
有时只有薄薄一张纸的距离
一粒米突然掉在书上
这是以前从没有过的
米粒紧紧趴在书雪白的腹部
局促，心疼，嫉妒
好像混合着翻腾
我甚至想到
眼前正发生一起强奸事件
但你又羞于报警
我四处打量一番
不知道是该把米粒赶快拂去

还是捡起来放进嘴里

实在困惑
我已渐渐养成如此的习惯
很难把书与饭截然分开
但母亲却说

她是文盲，觉得吃饭最是香甜
我哑然
书上的粒米
显得如此刺眼

# 酒局

白的、红的、黄的
一瓶瓶袅娜而至
又一瓶瓶悄然而去
钟情淡了
尊严碎了
一潭平静泛着灼热的红
小小桌面是一个黑洞洞的舞台
生旦净末丑
演技生硬的、娴熟的
纷纷争相登台
此时，智者却在桌边游走
莞尔一笑
那是又读透了几页春秋


也曾温暖着一壶冷月
两行辛酸
融化了金戈铁马
也曾燃烧着一盏灯火

一缕轻弹

拂去了满身的尘埃

也曾饱蘸在笔尖

挥出两重山河

点出三分春暖

而如今

…………

# 酒场

这一刻，你用一杯一杯的辛辣
烧旺了我的喜悦
你毫无保留
把全部交给了我
任我豪言壮语，百般狂野
清晨醒来
你留下一份早餐
还有窗前不愿离去的阳光
我忘了你正在苦觅工作

这一刻，安排得精致周到
觥筹交错，但我却盘算着下一杯的烈度
对不起，他们的亲密我接收不到
我们都知道
不久大家就又各就归处
黎明能否捎来昨晚的余温
谁都不会在乎

# 圈子

年轻时我看不到圈子

当然，圈子里的人更不会看到我

后来隐约看到了圈子

但以为就是圆的

画圈的人就端坐在圆的中央

圈内的人手持令牌进进出出

最后才知道，圈子也有各种形状

画圈的人手握画笔

圈子的形状并非定式，全是因势而为

有时，画圈的人不一定身居中心

有的行走在边沿

有的甚至置身圈外

圈中的位置是一门艺术
有的喜欢仰泳
有的善于潜水

熙熙攘攘
我们都忙着寻觅自己的圈子
至于什么形状并不重要

能纳入一个圈子
人生就走得安稳

# 面具

阳光下大家带着各式的面具

你虽不屑，却不敢摘下

原来自己也是面具的傀儡

你暗暗哂笑


夜晚也窥探不到真实的自我

哪怕父母、子女

甚至身旁浅睡的女人

只有悄无人处

你才变回原形

你开始对自己恐怖

搞不懂面具下的一脸微笑

哪一褶才是真诚

也难怪
雾霾笼罩着大地
人们无法自由起航
只有跋山涉水
才能向草原暂借一片残存的蓝天
但在巴掌大的天空里
信仰怎能展开阳刚的翅膀

终有一天
我们都会把自己走失

## 互联网

你把世界变得极小
人人可以在股掌间把玩了
想想多么可笑
什么地震、爆炸，还有
精心包装的杀戮
如今，不过是宇宙散落的一粒尘土
你的功过自有后人臧否
但家庭确实不像家庭了
工厂确实不像工厂了
商场确实不像商场了
我也不像以前的我了
恳请你给爱情放下屠刀

在虚拟里，固然可以每天相见
固然可以一样爱得火热
甚至还可以秘密监控，远程直播
可大地失去了冷暖
四季失去了色彩

难得还有人独倚高楼
难得还能看到黄花遍地
你就松松手
让千年的爱情仍去迎风起舞吧

## 278 蹲在门口的野蛮人

我怀揣的不是钞票

而是一份虔诚

也并非来抢你们的工厂

而是送来麦穗的味道

你们紧闭的大门能否裂开一条缝隙

让我的目光能够侧身进去即可

我是一个规矩人

不会盗走你们的一草一木

我只想让饥渴的双眼沐浴一次绿色

你们冷漠我的不约而至

放一条板凳于阴冷的角落

不必，我说

我宁愿站着
只要能在阳光下

你们话意正浓
我不奢望享有句号
但能留下一个小小的逗点给我吗
只需休闲的笔尖轻轻一戳
但你们还是面面相觑

# 友谊也能"众筹"吗

以前，友谊走不远

要么步行，要么自行车驮送

友谊就在方圆十里八里之间

一个馍，一碗饭，一把米

可以隔墙相应

这是邻里的友谊——温暖

一个礼盒，两根油条，一块猪肉

节日专诚探望

这是亲戚的友谊——亲近

几个苹果，两斤红糖，一盒手油

没有定期

想念了就随时动身

这是同学或朋友的友谊——亲切

一句忠告，两条建议，一番鼓励

在你孤独的时候不期而至

这是老师或领导的友谊——尊敬

如今，友谊也上了互联网

不论种类

一概不需专门送迎了
他可以随时送，你可以随时取
礼物也许更为丰盛
还可以借用音频，举证当时的心境
但总归是在虚拟的世界
难免会凉了火热的心

## 致大学

任凭围墙疯长

并非为坚守一方净土

而是要瓜分最后一片领地

筑起宫阙花园

然后以尘封千年的神圣

调度着羞愧的权利

铜臭浸满了宫殿

老师与学生都换上皇帝的新装

学校的天空布满了密密麻麻的网

麻雀在自由地穿行

而一只又一只雄鹰

正被死死困住

其实，通信早已打通自由的黑洞

围墙的铁丝网上

天天都飘扬着攀爬者的旗帜

某一天，推土机终于来了

学校却安静如常

大家的心里

早已筑牢另一道围墙

# 公司这十年

蚂蚁说

他们也不曾这样动容

始终井然有序地寻觅

本是他们的天性

日出日落

四季飞转

生活的旧照常常被遗憾频频推辞

走路也变得轻微

怕惊扰了明月的风情

怕碰碎了露珠的丰腴

碾轧可能会随时而至

其实，我们真正担忧的

也是那一双双脚印

蚂蚁

你们躯体的累可以有月夜抚慰

我们思想的累只能靠自我救赎


蚂蚁

这些年

我们变异出了翅膀

今后更多的要与雄鹰为伴了

未来的路

你们可能继续爬行

而我们

要去傲视苍穹了

**世俗的我**

一粒沙子

你们用它折射光辉
我只能用它去寻找土地

一个苹果

你们怜惜她的美丽
我更想品尝她的滋味

蝴蝶落在指尖上

## 一次旅行

你们是为了耀眼的阅历
我仅仅是为了让心灵歇息

## 朋友

你们画一个美丽的圈
其实围着圈欣赏也好

# 阳光对叶子说

弥漫着羞涩的骄傲

一滴滴，嫩黄得扎人眼睛

后来快速膨胀为一座座如盖绿荫

挤满全部的世界

某一天阳光说

平凡才是你真正的伟大

吐蕾就是你伟大的开始

你几乎失落一个季节

也难怪，人们的视线总醉在鲜花里

"谢谢你！"

这是风雨替花的安慰

冷漠被凿开了一扇窗

通过这里

你平静地享受着果实的季节

你的信念是：索性化为一片沃土

让花朵踏着你步入辉煌

# 疯子的诱惑

桃林又开了
却不见去年蜇我的蜜蜂
或许他已在别处忙碌
或许他已经死了
但他与同伴们酿的蜜
放蜂人大方地卖给了我
沁人心脾
每天，我都在报复地享用

桃花竞艳
但我并不在乎他们的美丽
如有其他
我也会来到这里
我的心脏只有拳头大小
需要桃花安抚它的疲惫

我仰天长啸，如雄马嘶鸣
我得意自己还保留着这样的本性

天空很蓝

有一群麻雀掠过

他们似乎什么也没听到

一位老人扛着我儿时的锄，姗姗而过

已走了很远，才想起送来回眸的安慰

空旷的原野

此次只有我一人在漫步赏花

# 眼睛浑浊了

日夜行色匆匆

你我都在奋力追逐

四季不再矜持

她也开始奔跑起来

"我有点累"

你无意间这样唏嘘

其实，我在心里也多次这样叫苦

但我们谁都不愿放下

你我，还有他们

大家的期望还在不断地高筑

也许不到跪地的一刻

不可能有一个输者


世界应该还是那个世界

那棵木棉还挂着我们儿时的歌谣

如果真能静下心来

依然那么委婉动人

还有，我们朦胧的人

也没走远
那一脸纯真的笑
还定格在木棉树下
林荫道上

世界还是那个世界
只是我们的双眼已经浑浊

# 清明祭

油菜花贪婪地占据着整个山坡

金黄得耀眼

不打算给你的视线留些许空间

桃花却偏不管这些

如絮粉红

自在地飘浮在金黄里

你端坐在高岗

如缎的春风抚摩着面庞

温暖而光滑

此时，你露出深藏的微笑

一如这自然的国王

山岚梳理着夕阳的霞光

一切，又变得如此安详

你感动得流泪

面对眼前的世界，你欲言又止

炊烟开始随山沟蜿蜒蠕动

你，又闻到了熟悉的气息

似乎还能听到亲切的呼唤

远远地传来，声如蚕丝


你拍拍身上的尘土

踏着儿时的小路

在花草簇拥下

一步步向炊烟走去

# 月夜静好，我也静好

夜把自己黑到一半就停了
另一半空间给月亮留着
月色渴望得酥软
正悄然从窗棂外爬了进来
灵与肉在沐浴
一切的对错都暂时沉寂下来
慵倦也散去了
此时，月夜静好

一支烟诠释不了对与错
更诠释不了黑与白
万物都有它的存在

相安无事，你只要做好另一半即可
我们给彼此出了太多的考卷
对错却还要自己主宰
难怪沉默已流行为一张
抗议的名片了

如今的世界
哪还有什么国王

# 蝴蝶落在指尖上

日子被严重缺斤短两

有怨恨也有忧伤

但怨恨忧伤毫无作用

我只能照例收下

因为色彩艳丽

春天的价格全面飘红

我微笑着迷茫

不知哪一只才是潜力股

我想买下整个春天

但余钱不多

又无人愿借

于是就悉心选择了两朵

一朵送给我的朋友
一朵送给奔波的自己


一只蝴蝶冉冉升起
仿佛来自我第一声哭啼
美丽的翅膀闪烁着时光
我期许她不会被一群孩子捕走
还好，她慢慢朝我飘来
轻轻落在我的指尖上
这一刻
我的指尖变成了花朵
美丽着
芬芳着

# 读诗

您的苦与乐都很细密

读着读着，我也变成了您

您背着月光哭泣，还有阳光下低头的小窃喜

被我寻到了秘密

只是我不能一路如此陪您

我可能会带一些您的词句

回到我自己的现实

请您理解

走出来的时候，我确有些不舍


您目光如炬

言辞里泛着浓浓的铁腥味

我们素昧平生

但读您的时候，我不得不蹲着身子

是的，我只有变成猥琐的乞者

才能讨您些许的怜悯

被人教诲多了

我多么想做一回自己的老师

您写的美，让鲜花们感到了羞愧

她们有些浮躁

把世界招摇得不成样子

自读了您写的美，她们偶尔也会抑郁

抑郁的时候，月光显得了多余

读您的时候

夜是香的

窗外的横影是香的

第二天的黎明也是香的

# 诗的"风口"

风把猪吹起来了
人们在街谈巷议
茶馆也不安宁
一杯清茶
再难看遍四季

诗人们不屑
键盘侠们耐不住鼠标的诱惑
风从屏幕里劲吹
烟一支连着一支，轮流堵不住决口
这世界
被躁动偷袭得厉害

自言自语成了一张路条
麦子可以不是麦子
土豆也可以不是土豆
如梵语
一行行淹没在人群中

明天的景致如何

至于诗的风口

谁在乎呢

柴米油盐

鲜有分而食之者

优化组合后才能绕梁三日

这是厨师或者主妇们的工作

不宜越俎代庖

你应采集做饭者心中的莲花

并撒向人间

轻的可以委托给蝴蝶

重的可以委托给大雁


酸甜苦辣

烈得人人失去了自我

精心勾兑

调酒师捧出一杯杯斑斓的鸡尾

你也不必一饮而尽

只撷取一串音符

谱出各色的曲子演奏

舒缓的可以委托给琵琶

激昂的可以委托给锣鼓

如果仍嫌不足

还可以委托给钢琴、吉他……

# 致谢

本书的出版，感谢王新女士、李杜康先生帮助分类与校对文稿，感谢李海宁先生、谷若琪先生在文稿整理过程中提供的帮助，也感谢家人、亲人和朋友给予的鼓励。

感谢冯杰先生拨冗赐教，为拙作写出精彩点评。

305